= ssai sur la

Poësie française, aux XIIe, XIIIe et XIVe siècles, par Benoiston de Châteauneuf. *Paris*, 1815, *in*-8. *br*.

251. Blasons, Poésies Anciennes des XVe et XVIe siècles, extraites de différents auteurs, imprimés et manuscrits, (par MÉON). *Paris*, *Guillemot*, 1809, in-8, dem.-rel.

ESSAI
SUR LA POÉSIE
ET
LES POÈTES FRANÇAIS,
AUX XIIe. XIIIe. ET XIVe. SIÈCLES.

ESSAI
SUR LA POÉSIE
ET
LES POÉTES FRANÇAIS,
AUX XIIe., XIIIe. ET XIVe. SIÈCLES;

PAR M. BENOISTON-DE-CHATEAUNEUF.

Ne condamnons pas une bonne pensée à cause d'un vieux mot, mais faisons grâce au vieux mot, en faveur de la bonne pensée.

MASSIEU; *Histoire de la Poésie française.*

A PARIS,

Chez L'Auteur, rue Saint-Dominique-d'Enfer, n°. 20, faubourg Saint-Germain; Moreaux, Imprimeur-Libraire, rue Saint-Honoré, n°. 315.

De l'Imprimerie de Moreaux, rue Saint-Honoré, n°. 315.

M. D. CCC. XV.

PRÉFACE.

CET ouvrage, sous la forme d'un simple mémoire, a concouru pour le prix de la troisième classe de l'Institut, année 1813, et il a été assez heureux pour se sauver de l'oubli (1).

Encouragé par ce succès inattendu, j'ai revu mon mémoire, je l'ai corrigé, amélioré, augmenté, de telle sorte qu'il est devenu un livre.

Je le publie aujourd'hui. En y travaillant j'ai appris quelque chose. Peut-être, en le lisant, les gens du monde y prendront-ils aussi un peu d'instruction. *Ils ne repoussent pas la science, quand on la leur présente avec quelque attrait*, a dit un écrivain qui l'a prouvé par ses

(1) Séance publique de l'Institut, du 2 juillet 1813.

ouvrages (1), ce qui vaut bien mieux encore que de l'avoir dit.

J'ai fait tout ce j'ai pu pour mériter du public une nouvelle preuve de cette vérité.

---

(1) Préface de l'Hist. lit. d'Italie, par M. Ginguené.

ESSAI
SUR LA POÉSIE
ET
LES POETES FRANÇAIS,
AUX XIIe., XIIIe. ET XIVe. SIÈCLES.

> Ne condamnons pas une bonne pensée à cause d'un vieux mot, mais faisons grâce au vieux mot, en faveur de la bonne pensée.
>
> MASSIEU; *Histoire de la Poésie française.*

VERS la fin du dixième siècle, tandis que le sang des papes coulait en Italie; que les Sarrasins, les Hongrois, les Allemands la désolaient sans relâche, et couvraient de cendres et de ruines la patrie d'Horace et de Virgile, de l'autre côté des Alpes, sous un ciel toujours pur, et parmi des champs toujours verts, naissait l'aimable poésie. Les rives de la Durance, et les bords de la Loire, retentirent presqu'en même temps de ses premiers accens; et dès-lors commença de s'introduire dans l'esprit des peuples, comme dans leur histoire, cette distinction souvent confondue depuis, de la poésie provençale et de la poésie française proprement dite, distinction fondée sur la différence des deux langues en usage alors dans le Midi et dans le Nord de la France.

Depuis long - temps la poésie provençale n'existe plus et sa lyre est brisée; la française, au contraire, a traversé les siècles, et le temps n'a fait qu'ajouter à sa gloire. Si tel n'a point été le sort de la première, du moins les courts momens de son existence ont été assez brillans pour lui assurer un souvenir durable, et ses rapports, avec la poésie française, ont été assez nombreux, pour que nous ayons plus d'une fois l'occasion de les rappeler dans le courant de cet ouvrage.

C'est une des questions d'antiquités littéraires les plus difficiles à résoudre, que de fixer l'époque de l'introduction de la rime en Europe. Un grand nombre de savans et de littérateurs en ont fait l'objet de leurs veilles; et, depuis Jean le Maire qui la découvre après la prise de Troie, jusqu'à ceux qui plus sages, croient devoir la placer après Charlemagne; depuis ceux qui veulent que nous la tenions des Romains, jusqu'à ceux qui la font venir du Nord, toutes les opinions ont été soutenues, tous les systêmes épuisés; mais, dans ce vaste champ de recherches, où la vérité semble fuir sans cesse devant ceux qui la poursuivent, on n'a guères encore rencontré que des conjectures plus ou moins heureuses.

Une seule a cependant généralement prévalu; c'est celle qui donne aux Arabes l'honneur d'avoir été nos maîtres en poésie. Elle a eu en sa faveur, dans les derniers siècles, l'assentiment de deux savans célèbres, Saumaise et l'Evêque d'Avranches, et dans celui-ci des hommes non moins distingués par leurs lumières, l'ont également embrassée. C'est donc à cette dernière opinion que nous nous arrêterons, comme la plus recommandable par le mérite de ceux qui l'ont soutenue, et en même temps comme celle qui paraît le plus d'accord avec les faits. Il se peut qu'un heureux hasard ou une rare sagacité parvienne à découvrir un jour ce que tant de travaux et de recherches n'ont point encore trouvé ; mais jusques-là, il convient de se ranger du parti qui ne choque en rien, du moins, le bon sens et l'histoire. Toutes les origines sont obscures, et dans la nuit épaisse qui les dérobe à nos yeux, il serait à souhaiter que le vrai pût toujours être remplacé par le vraisemblable.

Les Arabes devenus maîtres de l'Espagne au huitième siècle, s'occupèrent du soin d'y faire fleurir les arts et sur-tout la poésie dont l'origine se perd chez eux dans l'antiquité la plus reculée. Trois siècles étaient à peine écoulés depuis sa conquête, et déjà les académies de Cordoue, de Grenade, de Séville, de Tolède étaient fondées par eux, et soixante-dix bibliothèques entretenues et ouvertes au public (1).

(1) Comment. des institut. litterar. in hispaniâ quæ auctores arabes habuerunt, par M. Middeldorpf de Gœttingue.

C'était peut-être faire plus de bien aux vaincus qu'ils ne leur avaient fait de mal. Aussi, le désir de l'instruction, l'espoir des richesses ; l'aisance des communications rendues faciles par un trajet de mer peu étendu ; tout, jusqu'à la guerre elle-même, contribua-t-il à multiplier les relations avec ces nouveaux possesseurs de l'Espagne. Un second fait non moins incontestable que le premier, et qui doit se lier avec lui dans l'esprit, puisqu'il en est la conséquence naturelle, c'est que la rime, inconnue en Europe avant l'invasion des Maures, y devint depuis très-commune, et que l'abus en suivit de près l'usage. On sait assez quelle vogue prodigieuse obtinrent tout-à-coup au milieu du neuvième siècle, ces vers latins rimés qu'on appela léonins, dont le caprice du moment couvrit sans nécessité comme sans mesure, les édifices, les tombeaux, les meubles, les bijoux (1).

Cette même époque est celle d'un changement plus remarquable encore. Le mélange des Gaulois et des Francs, les guerres de Charlemagne avec les Saxons, l'établissement des Normands dans le pays qu'ils avaient si souvent ravagé ; leurs communications fréquentes avec les habitans des provinces en deçà de la Loire y

(1) Dissertat. sur l'état des lettres en France, depuis Robert jusqu'à Philippe-le-Bel, par l'abbé le Beuf.

avaient insensiblement corrompu la langue des Romains, altéré la prononciation, et dénaturé les mots. « La collision des langues, dit le « savant président de Brosses, étouffe la plus « faible et blesse la plus forte. Celle qui n'avait « guères y acquiert beaucoup : c'est pour elle « un accroissement ; et celle qui était bien faite « se déforme : c'est pour elle un déclin ; ou bien « le choc se fait au profit d'un tiers langage qui « résulte de cet accouplement. . . . . » (*Traité de la formation mécanique des langues*, *liv*. 9, *n*°. 162.)

Ce fut précisément ce qui arriva alors. Un nouvel idiome se forma peu à peu au milieu de l'ancien. On le voit en usage dès le neuvième siècle, et dans le dixième, il était devenu si commun, que dans le concile de Tours, Aimond, évêque de Verdun, ne craignit pas de s'en servir pour parler aux évêques assemblés. Ce jargon barbare, connu dans les provinces du Nord, sous les noms de langue *thioise* ou *théotisque*, de Roman, wallon, mélange de tudesque et de latin corrompu, était loin d'être le français des âges suivans ; mais déjà ce n'était plus du latin, et si dans la raison des choses il en usurpa tous les droits, et finit par lui succéder entièrement, dans la raison de l'oreille aussi, il sera toujours distingué comme un troisième idiome qui lia la première des deux langues à la seconde, sans cependant appartenir ni à l'une ni à l'autre.

Dans le Midi de la France, le latin ne subissait pas de moindres changemens (1); mais là du moins les relations peu fréquentes avec les provinces du Nord, et sur-tout une organisation physique plus délicate et naturellement sensible à l'harmonie, avaient su conserver dans le roman provençal, les mots et les terminaisons sonores de la langue qu'il remplaçait, et en bannir la rudesse du roman wallon. Cette différence dans les deux langues en mit aussi entre les pays qui s'en servaient. Dans le douzième siècle la France fut partagée en langue *d'oil*, pour les provinces situées entre la Meuse et la Loire (2), et en langue *d'oc* pour celles comprises entre ce dernier fleuve, les Alpes et les Pyrénées; ces dénominations étaient empruntées des manières différentes d'y prononcer le même mot (3).

Du roman provençal se formèrent les trois

---

(1) Le roman provençal commença, selon M. Sismondi, à la cour de Bozon, roi d'Arles, à la fin du neuvième siècle; et, comme le roman wallon, emprunta beaucoup aux Normands établis en France. Hist. de la littér. du Midi, t. 1.

(2) Sous la seconde race, et long-temps encore sous la troisième, la France proprement dite était comprise entre la Meuse et la Loire. Les pays au delà, comme le Dauphiné, le Lyonnais, le Languedoc, la Provence, s'appelaient du nom de cette dernière.

(3) Oui.

langues les plus harmonieuses de l'Europe : l'Italien, l'Espagnol et le Portugais (1). Le wallon donna naissance à la langue française, et comme s'il eut toujours été dans la destinée du peuple qui la parlait, de porter partout son langage et ses mœurs, en moins d'un siècle, les Normands l'introduisirent en Sicile, bientôt après en Angleterre, sous la conduite de Guillaume, et dans l'Orient, sur les bords du Jourdain, les croisés la firent entendre aux filles de Sion et aux Arabes du désert.

Le roman déjà partagé en deux grands dialectes, ne tarda pas à se diviser encore en beaucoup d'autres : chaque province eut pour ainsi dire le sien, origine des différens patois que nous voyons encore en usage aujourd'hui, et parmi lesquels il ne serait pas impossible de retrouver beaucoup de mots de la langue qui les forma (2) : le provençal actuel paraît être, à quelques modifications près, le roman de ces temps reculés.

---

(1) Voyez à ce sujet le tom. 1, chap. 3, pag. 181 de l'Hist. littér. d'Italie, par M. Ginguené; l'extrait d'un mémoire sur la langue romane, lu à la 3e. classe de l'Institut, par M. Raynouard, dans sa séance du 2 juillet 1813. Voyez encore Muratori Antich. Ital. dissert. 32.

(2) Selon Malmesbury, Pontific. Anglor. gest., liv. 1, pag. 180, le Maine était la province de France où l'on parlait le mieux la romane.

Le goût des vers, qui n'avait encore rien perdu de sa vivacité, devait inspirer l'idée d'en composer dans le nouveau langage. Un moine, Ottfrid de Weissembourg, donna le premier l'exemple, au neuvième siècle, et rima l'Evangile(1); c'est le plus ancien monument de poésie en langue vulgaire, qui soit venu jusqu'à nous: il est inintelligible.

Cet essai fut suivi d'un second dans le siècle suivant (le dixième); Saint Israel, grand-chantre de la collégiale du Dorat, versifia la bible et la vie de J. C. Ainsi nos premiers poètes ont été des moines, et leurs premiers essais des traductions. Les vers du religieux limousin ne diffèrent guère de ceux du moine allemand, et sont presqu'aussi barbares. En voici quelques-uns :

Nos jove omne quam diu estam
De gran follie per folledar parlam.
Quar no nos membra per lui vivri esperam
Qui nos soste tanquam per terra nam,
Qui nos pais que no murem de fam (2).

Citer de pareils vers, c'est avoir surpris l'art au moment de sa naissance; suivons ses progrès.

Les monumens poétiques qui nous restent du onzième siècle sont déjà nombreux. Ils se com-

---

(1) Il l'intitula le Livre de la grâce.

(2) Hist. litt. de la France, tom. 7.

posent d'un poëme de Godefroid, prévôt de Stavelo, intitulé le triomphe de saint Remacle sur Malmédi (1); d'un autre poëme attribué aux religieux de saint Martial de Limoges (2), et de quelques autres encore dont les principaux personnages sont également des saints; d'une traduction du livre des rois, mêlée de prose et de vers; de plusieurs cantiques de Thibaut de Vernon, évêque de Namur, sur saint Vandrille et saint Vulfram (3); de chansons satyriques, véritables vaudevilles du temps, dont la gaieté licencieuse, qui n'épargnait pas plus les mœurs que les personnes, alarma les scrupules d'un saint évêque, Ives de Chartres, et l'obligea de recourir à l'autorité du pape (4), pour arrêter le scandale (5); enfin de plusieurs romans, parmi lesquels il faut peut-être mettre celui d'Ogier, *li duc de Danemarche*.

Ces ouvrages, et beaucoup d'autres encore (6), aujourd'hui perdus pour nous, contribuèrent à former le langage, et c'est à présent le seul

---

(1) Hist. litt. de la France, tom. 7.

(2) Dissertat. sur l'état des lettres en France, depuis Robert jusqu'à Philippe-le-Bel, par l'abbé le Beuf.

(3) Act. sanct. Bolland 7, april., pag. 674, n°. 5.

(4) C'était alors le pape Urbain II.

(5) Epist. 68.

(6) On a encore de cette époque le martyr de saint Etienne, la vie de saint Amand de Rhodez, et peut-être celle de saint Guillaume d'Aquitaine.

mérite qu'ils puissent avoir à nos yeux. Cette strophe du livre des rois est plus intelligible que les vers précédens :

Li arc des forts est surmuntiez
E li fieble sunt efforciez.
Ki primes furent saziez
Or se sunt por pain luez.
E li famellieux sunt asasiez,
Puisque la Baraigne (1) plusurs enfantad
E celle Ki mulz ont enfans, afebliad (2).

Voilà quels furent les commencemens d'une langue qui devait un jour prêter tant de charme aux vers de Phèdre et d'Athalie. Mais au Midi de la France, au pied des Pyrénées, la Poésie faisait entendre de plus doux accens.

Les Provençaux, doués d'une imagination ardente, d'une sensibilité vive, habitans d'un

---

(1) C'est de ce mot *Baraigne* que s'est formé celui de *Bréhaigne*.

(2) L'arc des forts a été brisé, et les faibles ont été remplis de force. — Ceux qui étaient auparavant comblés de biens, se sont loués pour avoir du pain, et ceux qui étaient pressés de faim ont été rassasiés. Celle qui était stérile est devenue mère de beaucoup d'enfans, et celle qui avait beaucoup d'enfans, est tombée dans l'impuissance d'en avoir. Les Rois, liv. 1, chap. 2, 4 et 5.

Voici des vers d'Ogier le Danois, qui se rapprochent encore plus du français :

Ici en droit est cel livre sinez
Qui de forme Oger est appelez,
Or, veuille Diex qu'it soit parachevez,
En tele manière qu'estre n'en puisse blamez
Li roi Adam por Ki il est rimez.

climat où la nature parle au cœur, devaient aimer avec passion et cultiver avec délices, un art qui vit à-la-fois de fictions et de sentimens. Le voisinage et les besoins du commerce les conduisant sans cesse au milieu des Maures, les premiers sans doute, ils reçurent d'eux la rime qu'ils firent connaître ensuite aux autres peuples. Si l'histoire ne fournit pas de preuves incontestables en faveur de cette opinion, elle en produit assez pour la rendre probable. Dès le dixième siècle, les troubadours et les jongleurs étaient communs en Provence où l'on désignait encore les premiers par le nom de *comics*, et les derniers par ceux de *cantadours*, *musars*, *violars*. Il est bien vrai que le plus ancien de ces poètes, dont le nom soit venu jusqu'à nous, Guillaume IX, est du commencement du douzième siècle, mais il faut croire que ceux qui l'avaient précédé, peu favorisés de la fortune et des Muses, demeurèrent sans talent comme sans gloire, et ne virent point leurs vers jouir de cette vogue heureuse que le rang du duc d'Aquitaine, et sur-tout le choix du sujet, assurèrent aux siens.

Ce prince, à son retour de la Palestine, curieux de faire connaitre les différentes fortunes qu'il y avait éprouvées, et croyant sans doute que le langage vulgaire ne convenait point à des aventures dont le sujet était si respectable et si nouveau, renferma son récit dans une prose exactement mesurée, à laquelle la rime ajoutait encore un nouvel agrément.

L'attrait du sujet répandit partout la chanson du prince; le plaisir se plut à la répéter, et le succès multiplia les modèles. Le duc d'Aquitaine eut bientôt de nombreux rivaux. Ces nouveaux nourrissons des Muses parurent presqu'en même temps dans les cours de Provence, de Languedoc, de Poitou, d'Auvergne, d'Arragon. Partout l'enthousiasme accueillit avec transport leur talent naissant. Favoris d'Apollon, et guerriers tout ensemble, ils célébraient la vaillance et les dames, et la beauté reconnaissante s'empressait de payer des dons les plus riches, des faveurs les plus tendres les poètes et leurs vers. Comment en effet ne pas aimer le bras qui nous défend, ne pas applaudir à des chants qui nous louent? Aussi leur nombre, si considérable qu'il fût alors, n'épuisa-t-il jamais dans ces heureux commencemens, l'éloge et l'admiration dont ils étaient l'objet.

L'éclat de tant de gloire se réfléchit bientôt sur l'art lui-même. Faire des vers devint le délassement des princes, des chevaliers, des souverains. Les comtes de Foix, de Poitiers, les princes d'Auvergne, d'Orange, les rois de Sicile et d'Arragon s'inscrivirent parmi les troubadours; et s'il est vrai que l'empereur Frédéric, ce fléau de l'Italie, dont il ruina les plus belles villes, ne dédaigna pas de consacrer aux Muses quelques instans d'une vie livrée toute entière aux fureurs de l'ambition, c'est une preuve de plus fournie par l'histoire que le goût des lettres peut s'allier avec les passions les plus sombres, comme il peut adoucir aussi les plus cruels revers. Un roi qui réunit sur lui le double intérêt de la gloire et du malheur, et que son siècle honora du surnom de *cœur de lion*, Richard n'était pas moins poète que guerrier. Sans doute la romance qu'un auteur moderne a mise de nos jours dans sa bouche, est loin de ressembler à celle qu'il composa dans sa prison, mais il est certain que ce prince se consolait avec la poésie des rigueurs d'une longue captivité, et que la complainte du troubadour charma plus d'une fois les regrets du monarque. Tandis qu'il répandait ses ennuis dans de tristes couplets, ses rivaux en poésie déploraient dans les leurs, des disgraces moins éclatantes, mais non moins cruelles. Le malheur et l'amour ont cela de commun, qu'ils attendrissent l'ame et la font également soupirer.

Deux sentimens opposés semblent avoir inspiré les poésies provençales, et marquer ainsi les deux genres différens, la *Canzon* et le *Sirvente*, auxquels on peut toutes les rapporter, à quelques exceptions près. Dans toutes en effet, le cœur révèle sans déguisement une tendre faiblesse, ou l'esprit se livre sans crainte à une cruelle méchanceté. Et comme à cette époque l'art n'était encore que l'expression fidèle de ce que l'on éprouvait, les romances des troubadours sont touchantes, comme leurs satyres sont amères.

L'un d'entre eux, Fabre, dans un sirvente auquel il donne la forme d'un dialogue, introduit Falconet, son ami et poète comme lui. Tous deux jouent ensemble; mais au lieu d'argent, chacun met au jeu quelque seigneur dont il prise la valeur, selon qu'il se plaît à reconnaître en lui plus ou moins de mérite. Ainsi, dans cette nouvelle et maligne estimation, l'un vaut un sou d'or, l'autre dix, un troisième vingt; mais aucun ne saurait l'emporter sur Daudé de Pragues, chez qui l'on trouve toujours des dons à recevoir, et de bons repas à prendre. Ce siècle avait donc aussi ses Colletets.

Un morceau qu'il faut citer encore, autant pour sa hardiesse, que pour la singularité de l'invention, est cet autre sirvente, où Sordel, son auteur, après avoir déploré la mort d'un chevalier provençal, renommé par son courage, trouve tout-à-coup le moyen de changer son chant de douleur en une satyre contre les princes chrétiens qui existaient alors, et d'ami désolé, devenu censeur impitoyable, s'écrie :

« Qui me consolera de la perte de Blaccas ?

Je

« Je ne vois qu'un seul moyen de la réparer ; « c'est de prendre son cœur et de le donner à « manger aux princes qui en manquent : dès- « lors ils en auront assez.

» Que l'empereur Frédéric (1) en mange le « premier ; il en a besoin s'il veut reprendre « sur les Milanais, le pays qu'ils lui ont en- « levé malgré les Allemands.

« Après lui en mangera le noble roi de « France (2), pour reprendre la Castille que « sa sottise lui fait perdre. Mais qu'il prenne « garde d'être aperçu par la reine sa mère ; car « il n'ose rien faire sans son aveu.

« Que le roi d'Angleterre en mange tant « qu'il voudra (3), pour avoir meilleur cou- « rage à reprendre les provinces que le roi de « France lui a ravies.

« Il faut que le roi de Castille (4) en mange « pour deux, ayant déjà perdu un de ses « deux royaumes, etc. »

Et le poète continue sur ce ton sa revue satyrique. Il est possible d'être plus ingénieux, il ne l'est pas d'être plus méchant. Aussi n'est-on pas étonné que ces censeurs redoutables, dont la causticité n'épargnait ni le trône ni l'autel,

---

(1) Frédéric II.

(2) Louis IX.

(3) Henri III.

(4) Jacques I.

aient réduit plus d'une fois les souverains à acheter leur silence, ou à punir leur audace.

Mais le plus communément, des idées douces, gracieuses, des sentimens tendres inspirent les troubadours. En voici un exemple choisi parmi beaucoup d'autres :

« J'aime sans oser le dire, et je me suis moi-
« même condamné à fuir celle que j'adore, dit
« Arnaud de Marviel, dans une de ses chan-
« sons (1), de peur que mes regards ne trahis-
« sent mon secret. Elle ne leur pardonnerait
« jamais cette indiscrète témérité. J'ai du moins
« l'avantage de la contempler dans mon cœur
« qui, semblable à la glace fidèle, me réfléchit
« son image. Tout me la peint, tout me la
« rappelle, la fraîcheur de l'air, l'émail des
« prés, le calice des fleurs. Grâce aux exagé-
« rations des troubadours, je puis dire impu-
« nément qu'elle est la plus belle. S'ils n'avaient
« pas tant abusé de cet éloge, je n'oserais le don-
« ner à celle que j'aime : ce serait la nommer ».

La spirituelle galanterie de nos temps modernes n'a pas su donner à la louange une tournure plus délicate, et ce n'est pas le seul exemple qu'on en pourrait trouver dans les poètes provençaux (2).

---

(1) Il vivait en 1110.

(2) Celui-ci mérite encore d'être cité, Bertrand de Born dit à sa maîtresse qui l'a quitté : « Puisque rien ne vous égale en mérite,

Plusieurs de leurs romances offrent une peinture agréable du retour du printemps. Tel est le commencement de celle-ci :

« Toute la nature me donne un exemple
« que je veux suivre. Les arbres en se couvrant
« de feuilles et de fruits m'avertissent aussi de
« me parer de mes plus beaux vêtemens. A la
« vue du rossignol qui caresse tendrement sa
« fidèle compagne, qui puise dans ses regards
« autant d'amour qu'il lui en donne, et chante
« si mélodieusement leurs plaisirs communs,
« je sens passer dans mon ame toute l'ardeur
« qui les anime, je sens mon cœur embrasé
« des feux dont ils brûlent. Heureux oiseaux,
« il vous est permis d'exprimer vos transports,
« tandis que retenu par des lois que vous igno-
« rez, je n'ose parler à celle que j'aime! »

Malgré le désavantage d'une traduction à laquelle nous a forcés l'impossibilité d'entendre une langue devenue pour nous tout-à-fait étrangère, ces pensées transportées dans la nôtre, conservent encore du charme et de la grâce. Elles rappellent ces vers si connus de madame Deshouillères :

Que votre sort est différent du nôtre,
Petits oiseaux qui me charmez !
Voulez-vous aimer ? vous aimez ;

---

en beauté, j'irai chercher partout le monde les plus beaux traits de chaque dame, jusqu'à ce que de toutes, j'en aie formé une qui répare ce que je perds en vous seule ».

Un lieu vous déplaît-il, vous passez dans un autre :
Il n'est de liberté que chez les animaux.
. . . .
L'usage, le devoir, l'austère bienséance,
Tout exige de nous des droits dont je me plains (1).

La ressemblance est parfaite : la nature toujours la même, n'a partout aussi qu'un langage.

Celui de la plus haute morale se trouve quelquefois mêlé dans la poésie provençale aux tendres gémissemens de l'amour. L'éloquence de nos orateurs sacrés a mille fois de nos jours, reproduit et commenté dans la chaire ce morceau de Bernard Rascas sur l'instabilité des choses humaines.

« Toutes les choses d'ici-bas, un jour périront, s'écrie-t-il dans un religieux enthousiasme, hors l'amour de Dieu qui toujours durera. Les arbres verront s'éteindre leur fraîcheur et leur verdure ; les oiseaux perdront leur aimable gazouillement, et la voix du rossignol se taira. Le bœuf dans la prairie, le lion dans la forêt éprouveront l'atteinte mortelle. Le dauphin, la baleine, au fond des mers, sentiront expirer leur force et leur agilité. La mort domptera les rois ainsi que les empires de la terre ; et la terre elle-même, et les astres qui l'éclairent, cesseront d'exis-

(2) Idylle des Oiseaux.

« ter un jour. Ainsi tout périra, hors l'amour « de Dieu qui toujours durera (1).

Ce sexe dont la vive et mobile imagination s'émeut au seul nom des arts et de la gloire, voulut aussi partager celle des troubadours. A leur exemple, les femmes cultivèrent la poésie, et plusieurs obtinrent des succès. Les noms de Clara d'Anduze, de la comtesse de Die, de Tiberge de Serenon, et de quelques autres sont venus jusqu'à nous. L'enthousiasme guerrier ne respire point dans leurs écrits, l'indignation de la satyre ne les a point dictés : mais si

> D'un tendre sentiment la naïve peinture,
> Est pour aller au cœur la route la plus sûre,

presque toujours ils atteignent le but.

Clara d'Anduze, que le soin de sa réputation a forcée d'éloigner le chevalier qu'elle aimait, exprime ainsi sa peine et ses regrets :

« Doux ami, j'ai perdu le plaisir de vous « voir, et j'en meurs de douleur. C'est en vain « qu'on me reproche mon amour, rien ne sau- « rait le détruire, non plus que l'ardent désir « que j'ai de vous voir. Je n'ai point d'ennemi

---

(1) . . . . . . Royaumes et comtats
Lous princes et lous rés seran par mort domtas,
E nota ben esso ; la terra granda,
Ou l'escritura ment, lou firmament que branda,
Prendra otra figura. Enfins tout périra,
Fors que l'amour de Dieu qui tousiours durera.

« si odieux qui ne me devienne cher s'il fait « votre éloge, point d'ami qui ne cesse de l'être « s'il médit de vous.

« Ne craignez point, bel ami, que mon cœur « vous trompe, qu'il préfère jamais un autre « amant. Des milliers me prieraient en vain « d'amour : le Dieu qui me tient en sa puis- « sance veut que je vous réserve mon cœur. Eh! « que ne puis - je aussi vous livrer ces faibles « appas qu'un autre malgré moi possède !

« Ami, j'ai tant de douleur et de désespoir « que quand je veux chanter, je soupire et je « pleure. Que ne puis-je obtenir par ces cou- « plets l'objet de tous mes vœux !

Plus à plaindre encore, la comtesse de Die avait le malheur d'aimer sans être payée de retour, et le malheur plus grand de ne pouvoir guérir.

« Si ma naissance et ma beauté, si mon faible « mérite ne vous parlent point en ma faveur, « écrit - elle à son insensible amant, ah ! du « moins rendez justice à mon cœur, vous n'en « trouverez jamais qui vous aime davantage. « Quelque part que vous soyez, je vous envoie « cette chanson pour messager; je veux savoir, « mon noble et bel ami, pourquoi vous m'ê- « tes si cruel. Est - ce aversion, est - ce fierté ? « Messager, ah! dis-lui combien l'orgueil a per- « du d'amans ! »

Ce dernier trait est frappant de naturel. Au

reste, il ne faut pas s'en étonner : l'invention avait peu de part aux poésies provençales ; le plus souvent le sujet, les personnages, les sentimens en étaient réels ; et il y aura toujours dans le simple langage du cœur, quelque chose de plus vrai, de mieux senti, que dans les fictions mensongères de la plus heureuse imagination.

Ce serait déjà beaucoup aux yeux du goût que ce genre de mérite ; mais elles en ont encore un autre qui n'intéresse pas moins l'esprit : c'est de lui offrir sans cesse le tableau des mœurs d'alors en opposition avec celles de nos jours, et ce contraste est d'un effet toujours sûr, quand la naïveté des aveux ne va pas jusqu'à le rendre très-piquant.

Dans ces temps de l'antique galanterie, où des mœurs plus franches formaient des cœurs plus sincères, une adroite coquetterie n'avait point encore appris à déguiser les discours, à faire taire les yeux, et le libre aveu d'un tendre penchant en suivait de près la naissance. Ne serait-ce point que dans l'état d'une civilisation encore peu avancée, le sommeil de l'esprit et l'absence des convenances laissent aux sentimens toute leur liberté, aux passions toute leur énergie, et que l'on sent davantage à proportion que l'on sait moins?

Des traits hardis, des pensées nobles ou touchantes, de riantes descriptions auxquelles la magie des vers prêtait encore un nouvel agrément, devaient enchanter à la fois l'esprit et l'oreille. Aussi les poésies provençales faisaient-elles les délices de tous ceux qui les entendaient. Leurs auteurs parcouraient en les chantant, les châteaux, les palais, et revenaient ensuite dans leurs foyers chargés d'une abondante moisson de lauriers et de richesses. On ne lit pas sans une sorte d'attendrissement, dans un ancien historien (Jean - de - notre-Dame) que trois frères, Gui, Eble et Pierre d'Uzès, héritiers d'un patrimoine peu considérable, confièrent à leur talent pour la poésie, l'espérance d'accroître leur modique fortune. Ils convinrent que Pierre mettrait en musique les chansons de ses deux frères, qu'ils ne se sépareraient jamais, et que Gui, c'était l'aîné, garderait l'argent et le leur distribuerait également. Les Muses et la fortune sourirent à ce nouveau pacte de famille. Les trois frères, après avoir parcouru les différentes cours du Midi, scrupuleusement fidèles à ce qu'ils s'étaient promis, revinrent dans l'héritage paternel, comblés de biens et d'honneurs, heureux d'avoir trouvé dans leurs talens une ressource assurée !

C'en est assez de ces courts extraits pour faire connaître le caractère de la poésie provençale, qui multiplia beaucoup les formes sans varier autant les idées. Les seigneurs et les princes se lassèrent à la longue de la monotonie de poëmes qui racontaient tous à peu près les mêmes aventures, ou déploraient les mêmes infortunes. Ils cessèrent d'en récompenser les auteurs; « alors, dit un historien, dans sa simplicité naïve, défaillant les Mécènes, défaillirent aussi les poètes ». Mais pendant deux siècles, ces poètes ont rempli l'Europe de leurs noms et de leurs vers; ils ont tiré l'imagination des peuples du long engourdissement où elle était plongée. Ils allèrent éveiller en Italie le goût de l'art qu'ils cultivaient. Ces droits à la reconnaissance des lettres seraient encore aujourd'hui d'assez beaux titres à la renommée, si leurs ouvrages n'en présentaient aucun, et la critique la plus sévère n'oserait le leur reprocher.

Les troubadours, célèbres en Italie, en Allemagne, en Angleterre, ne l'étaient pas moins en France. Dès le dixième siècle, on les connaissait dans les provinces au delà de la Loire; l'histoire a remarqué que du temps de Hugues Capet, les jongleurs y étaient devenus communs. Le mariage de Robert, son fils, avec une princesse de provence (1), dût les multiplier encore; et l'on n'est point tenté de démentir Glaber, quand il parle dans sa chronique du grand nombre de Menestrels qui accoururent en France sur les pas d'une reine, dont leurs

(1) Constance d'Arles.

chants avaient pour ainsi dire entouré le berceau. Un peuple vif et spirituel, dont la légèreté accueille avec transport tout ce qui est nouveau, parce qu'elle s'en promet un plaisir de plus; qui dédaigne ce qu'il possède, et s'enthousiasme pour ce qui vient du dehors; peu jaloux de la gloire de l'invention, mais habile à perfectionner celles des autres, sans doute parce que le goût et l'esprit fournissent plus à l'avidité de jouir, que les longues méditations du génie; un pareil peuple ne pouvait voir au milieu de lui les troubadours, ni les entendre, sans éprouver le désir de les imiter. Un autre motif devait l'augmenter encore; la langue romane faisait de continuels progrès : elle venait de s'enrichir des articles (1), et repoussait peu à peu dans les cloîtres et les écoles, le latin qu'elle remplaçait dans les usages de la vie civile; il devait paraître piquant de produire sa pensée dans un nouveau langage, et sous une forme inconnue jusqu'alors. Les troubadours en fournirent l'occasion.

On sait qu'ils allaient dans les palais et les châteaux, amuser du débit animé de leurs veilles, les seigneurs et les dames, empressés de les entendre. Mais l'art des vers ne supposant pas toujours le talent de les chanter, (beaucoup d'entre eux, en effet, ne le possé-

(1) Sous Henry I, en 1031.

daient pas), ils avaient soin de s'unir à un musicien qui donnait à leurs poëmes ce nouveau charme qu'ils ne pouvaient leur communiquer eux-mêmes ; et l'on pense bien qu'à cet égard l'active industrie française ne leur laissa bientôt que l'embarras du choix. Ce furent ces compagnons des troubadours, souvent leurs amis, auxquels on donna plus particulièrement le nom de *jongleurs* (1). De nos jours encore, mais pour un but différent, une semblable association nous rappelle au théâtre, une image fidèle de ces temps antiques. Tout passe sans doute, mais aussi tout se renouvelle.

Il était impossible que les jongleurs se bornassent toujours à chanter les vers d'autrui, et l'idée d'en composer eux-mêmes devait suivre de près le talent de les mettre en musique. Rien ne les empêchant de réunir ce double mérite, ils devinrent bientôt auteurs et musiciens à la fois ; et comme il est naturel à ceux qui commencent de répéter dans leurs essais ce qu'ils voient le plus applaudir dans leurs modèles, ils reproduisirent dans leur langue tout le mécanisme et jusqu'aux différens genres de la poésie provençale.

Dans l'un et l'autre idiome on les retrouve

(1) Dans les commencemens, dit Girard Niquier, les jongleurs étaient des hommes courtois, remplis d'un savoir aimable, de bonne maison, jouant des instrumens, et chantant les chansons et les vers que d'*autres avaient composés*. Millot. Hist. des troubadours, à son article.

sous les mêmes noms, et ces noms sont provençaux. La romance française eut aussi la *Canzon*, la *Novelle*, la *Tenson*. Elle fit plus : négligeant le mètre des vers latins, pour lesquels cependant on avait montré un goût si vif, dans le dernier siècle, elle aima mieux imiter à cet égard la poésie provençale. Celle-ci admettait toutes les mesures, depuis deux syllabes jusqu'à douze ; la poésie française les adopta également, et bannit aussi de ses compositions les vers de neuf et de onze syllabes, dont la première ne faisait point usage (1). Enfin, par un dernier trait de ressemblance, qui ne peut être que l'effet d'une scrupuleuse imitation, et non le simple caprice du hasard, si dans plus de six cents chansons provençales, on rencontre à peine un quatrain (2), dans un reçueil à peu près aussi considérable (3) de chansons françaises, il serait difficile de trouver plusieurs exemples d'un couplet de quatre vers. Ainsi se formait la poésie française sur le modèle de la provençale ; mais si dans les deux langues, la rime des deux vers était la même, combien les sujets en étaient différens ! Au lieu du récit galant d'une aventure amoureuse, ou des riantes descriptions de la saison nouvelle, nos jongleurs

(1) Ou du moins fort rarement, Voyez, à ce sujet, le chap. 5, de l'hist. litt. d'Italie, par M. Ginguené.

(2) Idem loc. citat.

(3) Manusc. de la biblioth. royale, 7222.

ne firent entendre, pour la plupart, que les rêveries dont ils chargeaient la légende, ou qu'ils empruntaient aux moines qui les avaient rimées d'abord. Il nous reste encore deux volumineux recueils de ces tristes productions, connues sous le nom de *Miracles* et de *Vie des pères*, preuves énormes autant qu'affligeantes de la plus ennuyeuse fécondité, unie à la plus stupide ignorance. C'étaient ces mêmes jongleurs encore qui colportaient aussi ces cantiques en l'honneur de plusieurs saints, dont nous avons déjà parlé, et ces vaudevilles satyriques, ces chansons populaires, sorte de poésie dans laquelle on prétend que se distinguèrent surtout les Picards et les Normands. Mais il n'est pas sans intérêt de rechercher quelle était la raison qui ramenait sans cesse en France les paradis, l'enfer et ses sombres fictions dans les écrits d'un peuple dont la gaieté sembla toujours être le partage.

Les troubadours, doués d'une imagination vive, composaient sous un beau ciel, et dans une langue harmonieuse, d'aimables récits. Presque tous étaient des chevaliers, des seigneurs, des princes, et l'on empreint ses écrits de son caractère et de ses habitudes. Il s'en fallait bien qu'en France l'art des vers jouît de tant d'honneurs. La noblesse y dédaignait les lettres, et tirant de son ignorance même une nouvelle fierté (1), ne connaissait d'autre occupation que la guerre, ni d'autres délassemens pendant la paix, que de se préparer à de nouveaux combats. Des rives de la Loire aux plaines de la Flandres, le bruit des armes retentissait partout, et dans ce vaste champ d'une guerre éternelle, il n'était pas une ville qui n'attaquât la ville voisine, pas un château qui ne fût assiégé par le château voisin. Cette déplorable fureur en vint au point, que l'église crut devoir en arrêter la violence, et défendit dans un de ses conciles (2), de verser le sang depuis le mercredi au soir jusqu'au lundi matin de chaque semaine, par respect pour les plus saints mystères de J. C., accomplis pendant ces derniers jours; il n'y avait plus que les ordres du ciel qui pussent empêcher des furieux de s'égorger : ceux de la terre étaient impuissans.

Si les délassemens d'une noblesse guerrière sont des joûtes, des pas d'armes, les divertissemens d'un peuple grossier sont des farces ridicules ou des bouffonneries indécentes. Aussi allait-il dans les églises célébrer avec les prêtres et les clercs, la fête des *ânes* et des *fous*, applaudir à leurs travestissemens gro-

---

(1) Herluin, premier abbé du Bec, au douzième siècle, apprit à lire à quarante ans. Le Beuf, loc. citat.

(2) Dans le concile de Clermont, en 1041. Ce fut la trève du seigneur.

tesques, répéter en chœur des refrains obscènes, alliant ainsi de honteuses turpitudes aux cérémonies les plus saintes. Du moins il suivait alors l'attrait d'un plaisir quelconque ; mais il n'avait obéi qu'à une déplorable superstition, quand effrayé de l'excommunication lancée contre Robert, par un pape audacieux, il s'était éloigné de ce prince infortuné, laissant ainsi son roi sous le double isolement de l'anathême et du malheur.

La même opinion qui commandait si hautement aux consciences, entraînait également vers la retraite et le mépris du monde. On vit à cette époque les ordres monastiques se multiplier avec rapidité. Les Chartreux, les Prémontrés, les Carmes, les Dominicains, la reconnaissent pour celle de leur fondation. Citeaux, Fontevrault (1) s'élevèrent en même temps, et par une singularité remarquable, une femme fut le premier chef de ce dernier monastère. Mais il ne faut pas oublier qu'une fille alors apportait en dot un évêché, coutume digne d'un siècle où la mort d'un homme était remise à son meurtrier pour cent sous (300 écus), et où le créancier risquant à la fois son argent et sa vie, pouvait appeler son débiteur en duel, pourvu que la somme excédât cinq sous.

---

(1) Citeaux était le chef-lieu de l'ordre des Bernardins ; Fontevrault des Bénédictins.

Et ce n'était pas seulement les inquiétudes d'une existence difficile ou les agitations d'une vie orageuse qui plaçaient dans le cloître, le terme de pénibles soins, ou le repos long-temps cherché en vain : tous les états, tous les rangs aspiraient à son ombre, et si l'éclat de la naissance et l'importance des devoirs qu'elle impose, prescrivaient de rester au milieu du monde, du moins à ses derniers momens, voulait-on mourir revêtu de l'habit d'un ordre quelconque, comme une expiation des vanités de la grandeur ou des désordres de ses passions.

Ainsi l'esprit religieux qui n'est pas la religion, se mêlait dans tout et dominait partout. Il régnait sur le trône, dans les tribunaux, dans les écoles, il commandait aux consciences. Il enfantait les croisades, élevait les monastères, et ce qui semble une contradiction, sans cependant en être une, il peuplait à la fois les armées et les couvens, soumettant à son joug, le clerc et le monarque; il condamnait au feu dans Paris, les écrits d'Aristote, comme en Afrique il couvrait d'un cilice et faisait expirer sous la cendre, aux yeux de son armée en pleurs, un grand roi frappé d'un mal incurable, ou commandait en Allemagne à un empereur mourant de se faire fouler aux pieds de ses domestiques (1).

(1) Othon III.

Telles étaient les mœurs, grossières et barbares ; tels étaient les esprits faibles et superstitieux. Ce qu'un peuple pense, ses gens de lettres l'écrivent : nos premiers poètes étaient des clercs, des religieux, leurs productions devaient différer de celles des troubadours de toute la distance qui sépare un brillant chevalier élevé à la cour des rois, d'un moine dévôt, cloîtré dans sa cellule obscure. C'est donc à leur imagination échauffée de mystiques rêveries, que nous devons ces contes en l'honneur de la vierge (1), répandus et multipliés par les jongleurs, dans lesquels on la voit soutenir de ses *blanches mains* les pieds d'un voleur que l'on vient de pendre, en récompense de la dévotion qu'il lui avait vouée pendant sa vie (2), ou bien remplir pendant dix ans, dans un couvent, la place d'une jeune religieuse, tandis que celle-ci, échappée de la clôture, passe avec son amant ces mêmes dix années. Dans un troisième conte, enfin, ce n'est plus la vierge, c'est J. C. lui-même qui tient dans le ciel une cour plénière (3), chante avec les anges et les saints des refrains populaires, en vogue sans

---

(1) Hugues de Farsit, Guibert de Nogent et quelques autres moines composèrent dans leur couvent ces contes que Gautier de Coinsi mit en vers au treizième siècle. Voyez M. Méon, préface des fabliaux, et aussi celle des fabliaux de Lergand, tom. 4.

(2) Du voleur que N. D. sauva.

(3) La Court. de Paradis.

doute alors, et termine cette singulière assemblée par un bal ridicule où viennent figurer les âmes du purgatoire ; conception informe d'un siècle qui venait de voir s'accréditer l'histoire miraculeuse de la veuve de Lorette ; où l'on reconnaît peut-être les commencemens à peine ébauchés de l'art dramatique en France, mais qui ne mérite que trop le jugement qu'en portait Racine le fils, quand il a dit (1) « que « l'étonnante simplicité qui règne dans le ton « du récit, prouverait seule que ces contes sont « la production d'un siècle d'ignorance, et qu'ils « eurent pour auteur et pour traducteur, deux « des plus ignorans écrivains d'alors ». Pour confirmer cet arrêt, il ajoute que le fonds de l'ouvrage est d'une absurdité si fatigante qu'il n'a pas eu le courage d'en achever la lecture.

Cependant ce serait être injuste envers ces tristes conceptions, que de taire qu'il s'y rencontre çà et là des morceaux qui ne manquent point d'une certaine douceur d'expression. Celui-ci en est la preuve :

Dessous bel Elme, en un beau pré,
Venez avant, vos qui amez,
Le Dieu d'amor y velt aler,
Qui ses amis vel éprouver,
Savoir velt de qui il est amez.
Venez avant, vos qui l'amez,

(1) Mémoires de l'Académie des belles-lettres, tom. 18.

Entendez à cette chanson,
Qui vaut bien une bonne leçon.

Nostres sires qui tos nos fist,
Et près de soi les bons assist,
Nos apèle et les bras nos tent,
Et de jor en jor nos atent.
Et dit : venez avant mi fill
Qui m'amez, et vos, fol et vil
Qui ne m'amez ne me prisiez,
Et por vos biens me despriziez,
Allez en perdurable peine,
Là où votre péchié vous meine.

Voilà quel était le talent des jongleurs, et les ouvrages qu'ils se plaisaient à composer. On imagine facilement que cet amas de sottises nées de la superstition du cloître, cessa bientôt d'intéresser les nobles habitans des châteaux, devant lesquels on les débitait, et fut abandonné à l'amusement de la crédulité puérile ou de la foule abusée, du moment que la comparaison d'autres ouvrages devenue possible, eût appris à distinguer, sinon le bon du mauvais, du moins la médiocrité passable de l'absurdité complette.

Déjà l'on voit vers la fin de ce siècle les jongleurs relégués parmi les baladins et les bâteleurs, n'osant plus, selon les expressions d'un poète du temps (1), se montrer dans une noble cour, et réduits, pour gagner quelque argent,

(1) Vid. l'Hist. litt. des troubadours, à l'art. de Giraud Riquiers.

à chanter dans les places publiques et les tavernes, ou à faire sauter les singes et danser les chiens.

A cette époque la poésie française, consacrée à d'indignes productions, et devenue l'objet d'un gain sordide, se fût traînée dans un long avilissement, si quelques-uns de ceux qu'elle inspirait, honteux de se voir confondus dans la foule, ne s'en fussent séparés par un nom particulier, mais sur-tout par des productions meilleures, n'hésitant pas à se rendre ainsi à eux-mêmes, et par avance, la justice qu'on leur accorda par la suite. C'est de ce moment que parurent les *trouvères*, ou les véritables poètes français, et avec eux cette quantité de poëmes divers, connus sous tant de noms différens, dont la bonne foi des auteurs révèle presque toujours les sources où ils ont été les puiser, en même temps que leur prodigieuse fécondité en rend le détail impossible. On sait assez en effet quelle fureur poétique saisit tous les esprits au douzième siècle, à cette époque où l'enthousiasme religieux venait d'accomplir la première croisade, et en préparait de nouvelles, tellement que l'on eût dit que deux seules pensées dominaient alors à l'exclusion de toutes les autres, prendre la croix, et chanter ses triomphes.

En effet, tous les regards étaient tournés vers l'Orient, et rien de ce qui s'était passé dans la première guerre sainte, ne pouvait échapper à l'avide empressement de le connaître. De grands dangers, mais aussi d'éclatantes victoires, tous les maux réunis rachetés par tous les triomphes à la fois, la Palestine conquise, Jérusalem délivrée, les lieux saints rendus à l'adoration des fidèles, le tombeau du Christ entouré de leurs trophées et baigné de leurs larmes; ces grands spectacles dont les Croisés rapportaient dans leurs foyers l'impression récente, et que leurs récits animés peignaient des plus vives couleurs, embrasaient toutes les âmes, exaltaient toutes les imaginations. La piété redoubla la ferveur de ses prières; le courage brûla d'aller sur le même théâtre cueillir de nouveaux lauriers; et le talent qui naissait avec la gloire s'occupa de la chanter : à l'exemple du duc d'Aquitaine, deux poètes français, Renax ou Renaux et Geoffroi-de-la-Tour, chevalier limousin, célébrèrent dans leurs vers la prise de Jérusalem. La *conquête d'Outre-mer* les suivit de près; et il est naturel de croire que le temps nous a privés de beaucoup d'autres encore (1).

I. *Poëmes didactiques, allégoriques et moraux.*

Le commencement du douzième siècle donna naissance à plusieurs poëmes sur l'histoire

---

(1) On sait que Béchadan (Grégoire), né également dans le Limousin, avait composé en roman et en vers une histoire de la

naturelle, parmi lesquels on place le *Bestiaire*, qui traite des oiseaux et des animaux, par Philippe de Thaon, poète normand des environs de Caen; le *Volucraire*, par Osmont; la traduction en vers du Lapidaire de Marbode, par le même, et quelques autres encore. Parmi les poëmes étrangers aux sciences, on remarque celui des *quatre maux qui chassent l'homme de sa maison*, le *Voyage de saint Brandan au Paradis terrestre*, les *Distiques de Caton*, par Evrard, moine de Kirham, qui passe pour avoir le premier soumis à un retour régulier les rimes masculines et féminines; une histoire des rois Anglo-Saxons, par Geoffroi de Weimard; plusieurs romans des prétendus exploits de Charlemagne en Languedoc, en Espagne, à Constantinople, etc.

Ces ouvrages, sur-tout les plus anciens, portent avec eux les caractères évidens de l'enfance de l'art. Il en est comme le voyage de Charlemagne à Constantinople, où l'auteur s'est affranchi de la rime, sans que cette hardiesse ait eu pour nous le même résultat qu'en Angleterre, où Thomas de Kent en ayant donné le premier l'exemple dans son roman de *toute chevalerie*, introduisit ainsi dans la langue anglaise l'usage des vers

---

Croisade, qui dut voir le jour vers 1120. Elle est perdue. Voy. chroniq. de Geoffr. de Vigrois, et le tom. 10 de l'Hist. litt. de France, art. Evremar et autres écrivains.

blancs ou non rimés qui s'y est conservé depuis(1). D'autres, tels que le Bestiaire, sont en vers de six pieds, mais dont les hémistiches seuls riment entre eux, malheureuse imitation de ces vers latins qu'un goût détestable avait mis à la mode dans les siècles précédens.

Au reste, dans toutes ces poésies, les voyelles se heurtent à chaque mot, la mesure est inexacte, la césure nulle ou mal observée, et l'entre-croisement des rimes si peu connu, qu'il n'est pas rare de voir revenir la même pendant trente ou quarante vers de suite. Pour aider encore à prolonger cette longue monotonie de sons toujours uniformes, où l'intérêt de la pensée ne distrait pas même l'oreille, en occupant l'esprit, le poète, par une licence assez fréquente, change, au gré de son caprice, la terminaison d'un mot et lui en donne une autre qui s'accorde avec celle du vers précédent. C'est ainsi qu'il fait rimer pardon avec royaume et Charles avec repos, en écrivant *royon* et *Charlot*. Cette singulière altération n'avait rien alors qui parût étrange. On conçoit combien il était facile de composer un grand nombre de vers sur une seule rime, et même de lui conserver une sorte de richesse, caractère que l'on exigeait sur-tout

(1) Not. des manusc. de la bibl. roy., tom. 5, sur le roman d'Alisandre, par Legrand. M. de Roquefort, indique le roman d'Alexandre par le même auteur, au lieu de celui que nous nommons. Son opinion sur cette matière doit faire autorité

de celle appelée *léonime*, la première des trois espèces que l'on distinguait alors. On était moins sévère pour la seconde nommée *consonante*. Quant à la troisième, elle n'était à proprement parler que le passage d'une rime à une autre, quelqu'elle fût d'ailleurs masculine ou féminine..

Le roman du *Brut* ou des Bretons, traduit du latin de Geoffroy de Montmouth, par maître Wace, clerc de Caen, et celui du *Rou*, par le même auteur (1), ouvrent à cinq ans de distance l'un de l'autre (1155-1160) la seconde moitié du douzième siècle. Le premier contient la chronologie imaginaire des rois de la Grande-Bretagne, que l'auteur ne craint pas de faire descendre d'un certain Brutus, arrière petit-fils d'Enée. Cette généalogie fabuleuse est aujourd'hui sans crédit; mais l'histoire de la table ronde et de ses chevaliers, du roi Artus, de l'enchanteur Merlin, de Lancelot, de Tristan le Léonois, que ce poëme renferme encore, a eu plus de bonheur, et le temps

(1) On lui attribue encore une histoire des premières irruptions des Normands en Angleterre et en France, en vers de huit syllabes, et le roman de *Guillaume-Longue-Épée*. M. Roquefort, dans la liste des auteurs qu'il met à la fin de son Glossaire, ouvrage si utile pour ceux qui se livrent à l'étude des antiqnités du moyen âge, rapporte l'opinion de M. Monchet, qui attribue à un autre Wace, le poëme du Rou. Voy., au sujet de ce roman, les notices des manusc., tom. 5, par M. de Brequigny.

n'a fait que donner plus de vogue et de renommée aux brillantes prouesses, de ces aventureux chevaliers.

Le roman du *Rou* n'est autre chose que l'histoire des ducs de Normandie depuis Richard 1er., petit-fils de Rollon, le chef heureux de ces hardis conquérans.

A la suite de ces deux romans, dont nous avons parlé par anticipation seulement et pour conserver l'ordre des temps, parurent successivement les *Stances sur la mort*, par Helinan; les *Enseignemens d'Aristote*, par Pierre de Vernon; les *Quatre âges de l'homme*, par Philippe de Navarre; la *Bataille des Vins*, qui n'a d'autre mérite que de nous instruire de ceux qui jouissaient alors de quelque réputation en France; celle *de Carême et Charnage*, *des Vertus contre les Vices*, *ou le tournoiement de l'Ante-Christ*, par Huon de Mery; celle des *Sept Arts libéraux*, par Henri d'Andely, ainsi que leur *mariage*, par Tainturier, froides allégories qui plaisaient alors; l'*Image du monde*, par Gautier de Metz; le *Bestiaire d'amour*, par Furnival; celui de Guillaume de Normandie, ou l'*Histoire des animaux moralisée*; la *Dispute du Croisé*, par Rutebeuf, l'un des poètes les plus spirituels de son siècle, et auteur d'une foule d'autres pièces ainsi que de la vie de plusieurs saints, mais dont le talent fécond lui donna la célébrité sans lui acquérir la fortune, et le laissa mourir aussi pauvre qu'il était renommé (1) ; le *Jugement de Salomon*, qui n'est pas celui rapporté dans l'écriture ; le *Castoiement d'un père à son fils* ; un second poëme du même genre, également intitulé *le Castoiement des dames* ; l'*Art d'Amour*, par Guiard ; la *Disputaison de Synagogue* et *de l'Eglise*, en strophes de quatre vers alexandrins chacune ; un *Eloge de St.-Louis*, en vers de la même mesure, éloge où le regret de sa mort, et les louanges données à ses vertus semblent inspirées par le cœur, malgré le retour fréquent et d'une simplicité trop voisine de l'ennui, de ces mots le *bon rois Loys*, qui commencent presque tous les couplets, et en rappellent de beaucoup trop connus ; enfin, une innombrable quantité de *dits*, de *lais*, de *tensons*, de *moralités*, et sur-tout de *romans* et de *fabliaux*, de ces gais fabliaux,

Des malices du sexe, immortelles archives,

dont les auteurs brodèrent en vers les plaisantes historiettes, empruntées le plus souvent aux Provençaux et aux Arabes.

Cette énumération très-incomplette des productions poétiques des douzième et treizième

(1) Il fut exilé pour avoir composé une satyre contre la pauvreté des moines, et mourut sans avoir été rappelé. Voy. son art. dans la liste des auteurs, à la fin du Dictionnaire de l'ancien langage ; par M. de Roquefort.

siècles, suffit cependant pour juger du nombre et de la fécondité des auteurs qui vivaient à cette époque. Mais il faut convenir aussi que l'extrême simplicité des conceptions, dans un grand nombre de leurs ouvrages, la permission de répéter la même rime (1), et mieux encore le même mot pendant une longue suite de vers, l'affranchissement presqu'entier des entraves au milieu desquelles compose la poésie moderne, et pour tout dire enfin la seule et facile obligation de rassembler des mots sous une certaine mesure (ordinairement celle de quatre ou de cinq pieds), sans jamais s'embarrasser, du choix et de la convenance de l'expression, encore moins de celle des idées, explique assez ce qu'il y aurait sans cela de vraiment extraordinaire dans le subit enfantement de tant de poëmes, dont plusieurs parmi les romans contiennent jusqu'à vingt et trente mille vers.

S'il est impossible de s'occuper de tous en particulier, il est aussi bien difficile de faire un choix qui puisse en donner une juste idée. Trop exaltées par les uns, trop dépréciées par les autres, ces anciennes poésies ne justifient pas sans doute les éloges exagérés qu'on leur a donnés; mais peut-être ne méritent-elles pas non plus le mépris avec lequel quelques écrivains

(1) Pasquier, Recherch. sur la France, tom. 1, en a compté 60 de suite sur la même rime.

en ont parlé (1). Essayons de tenir un juste milieu entre l'enthousiasme qui voit tout à louer, et l'excessive sévérité qui trouve tout à reprendre, et dans cet examen de nos plus anciens titres à la gloire littéraire, tâchons, s'il est possible, d'unir l'intérêt et le plaisir au goût et à la justice.

II. *Fabliaux.*

Moins longs que les romans, et plus variés dans les événemens, ces petits poëmes, dont la plupart datent du douzième siècle, signalèrent aux autres nations le caractère français et ses mœurs faciles. Il n'appartenait qu'à sa légèreté railleuse de se moquer en vers des chastes lois de l'hymen, et d'exposer à la risée publique, dans un conte libertin, l'infidélité des femmes et le malheur des époux. Il fallait être né sur les bords de la Seine, pour imaginer d'étouffer sous le sarcasme la plus légitime des plaintes, et de guérir par le ridicule la blessure la plus vive de l'amour propre offensé. Ce serait le comble de

---

(1) M. de Caylus a voulu prouver dans une dissertation insérée dans les Mémoires de l'Académie des belles-lettres, tom. 20, que ces poésies avaient tous les genres de mérite. Dans son cours de littérature, M. de la Harpe croit, au contraire, que quelques traits de naïveté, quelques images pastorales que l'on pouvait rechercher dans un temps où l'on manquait de modèles, ne peuvent aujourd'hui en faire supporter le verbiage et le galimathias.

la folie, si ce n'était peut-être le dernier degré de la sagesse.

Ce sont ces déconvenues de l'hymen, sujet si fréquent dans les fabliaux, qui leur donnent une physionomie à part et les distinguent des productions de tous les autres peuples : aussi plaisent-ils plus à l'esprit qu'ils ne séduisent l'imagination; mais s'ils intéressent moins vivement, du moins ils amusent; et qui voudrait condamner la gaieté alors même qu'elle n'est pas toujours avouée par le goût ou par la décence? Parmi ces contes il en est d'ailleurs dont une innocente plaisanterie fait tout le sujet, comme dans celui-ci :

Un prêtre allait monté sur sa jument,

. . . . disant ses eures
Ses matines et ses vigiles,
Mais à l'entrée de la ville,
Plus loin que ne jette une fronde,
Avait une rue parfonde,
En un buisson avait gardé,
Des meures y vit grant planté,
Grosses et noires et meures,
Et li prestres tot à droiture,
Dit que Jésus-Christ ly aist,
Si beles meures mais ne vist,
Grant faim en ot (1), si ot talent (2),
Si s'arresta tôt à estal,
Mais une chose lui fit mal.

(1) En eut.
(2) Et sur le champ il résolut de profiter de l'occasion.

Que les espines li néurent,
Et les meures qui si hault furent;
Les beles el front devant,
Que venir n'en put ne séant.
A donc est li prestres dreciez
Sur la selle monte à deux piés,
Sor le buisson, s'abaisse et cline;
Puis manjue de grant ravine (1),
Des plus bèles qu'il y eslut;
Ains la jument ne se remust.

Ne semble-t-il pas voir ce bon prêtre debout sur son cheval, le cou tendu, les bras élevés, et choisissant les plus belles mûres,

Grosses et noires et meures,

tandis que sa docile jument, par son immobilité, favorise le caprice un peu gourmand de son maître. Tout en mangeant ses mûres, il réfléchit à sa position, et regarde le tranquille animal qui

. . . Trestote quoie (2).
S'en ot li prestres moult grant joie,
Qui a deux piés est sus monté.
Diex.. dit-il, qui or, diroit ah!
Il le pensa et dit ensemble,
Et la jument de por tremble;
Un saut a fait tôt abandon
Et li prestres chiet el buisson;
En tel manière entre les ronces,
Qui d'argent li donnast cent onces,
n'alast en arrière ne avant.

---

(1) De grand appétit.
(2) Demeure tranquille.

Si l'on oublie pour un moment que ces vers sont du douzième siècle, et qu'ils ont de plus tous les défauts qu'une langue perfectionnée n'est pas en droit de reprocher aux temps qui l'ont vue naître, on trouvera qu'ils sont un modèle de narration. La dévotion de ce bon curé qui s'en allait disant ses heures, et ne songeant à rien plus, quand la vue d'un fruit qu'il aime vient éveiller chez lui le désir d'y goûter, sa singulière attitude pour parvenir à l'atteindre, l'imprudente exclamation qui lui échappe si malheureusement, et le jette dans un buisson d'épines, dont les piqûres lui font douloureusement expier un moment de tentation, ses regrets tardifs : rien n'est oublié dans ce récit de quelques vers, et tout concoure à l'effet que le poète a voulu produire ;

Il le pensa et dit ensemble

est d'une rare précision.

Tous les fabliaux, il faut l'avouer, sont loin de ressembler à celui-ci ; leur gaieté licencieuse, bien avant le chantre du Lutrin,

Appelle un chat un chat ;

et cependant il n'est pas rare de voir sortir du milieu de leurs rimes cyniques un trait de morale, un principe de conduite qu'on n'aurait pas été tenté d'y aller chercher. Dans un conte intitulé le *Sentier battu*, titre dont le lecteur a déjà saisi la maligne application, sans qu'on la lui révèle, l'auteur débute par un avis fort sage aux mauvais plaisans qui voient souvent retourner contre eux-mêmes le trait qu'ils ont lancé sur autrui. Assurément, rien n'est plus édifiant que ce conseil, mais rien ne l'est moins aussi que le sujet choisi pour le mettre en pratique; et ce n'est pas un contraste à demi singulier que le précepte et l'exemple donnés dans ce cas par le poète.

Bernier, dans le conte de la *Housse Partie*, qu'il a traduit du latin, a du moins fait choix d'une fable plus noble et plus attachante. Il suppose qu'un riche marchand a donné tous ses biens à son fils en le mariant, et que l'ingratitude seule a payé ce bienfait. Tant qu'il a pu suffire par le travail à son existence, on l'a souffert dans la maison; mais l'âge lui ayant bientôt enlevé cette faible ressource, il n'est plus qu'un hôte embarrassant et coûteux, dont la présence importune, et qu'il faut éloigner. C'est son fils même qui lui signifie de chercher un autre asyle. A cet ordre inhumain, le vieillard n'oppose que des prières. Il demande seulement un peu de paille dans quelque coin reculé de la maison où il lui soit permis de passer le peu de temps qui lui reste à vivre. Le fils refuse, et insiste pour qu'il sorte de chez lui. « Vous trouverez aisément dans la ville, dit-il à son père, des amis qui

. . . Leur ostel vous prêteront.
— Presteront fils,

répond le vieillard,

Aux gens que chaut (1),
Quant tes ostels par toi me faut.
Et puis que tu ne me fes bien,
Et cil qui ne me sont rien,
Le me feront moult à envis,
Quant tu me faus qui es mes fils?

La réponse est aussi vraie que touchante. Cette répétition *presteront fils*, donne du naturel au dialogue, et coupe heureusement le vers. Ce mérite n'en serait pas un dans un ouvrage moderne; mais il est juste de tenir compte de la moindre beauté, du moindre sentiment de l'art à des écrivains qui en bégayaient les premiers essais dans une langue à peine formée.

Cependant le malheureux père ne pouvant attendrir son fils, se borne à lui demander un simple vêtement qui puisse au moins le garantir du froid, et cacher sa misère, en sortant de chez lui. Alors celui-ci commande à son jeune fils à peine âgé de douze ans, et témoin du sort de son aïeul, d'aller à l'écurie et d'en rapporter une des housses qui s'y trouvait. Mais, loin d'exécuter cet ordre, l'enfant choisit la meilleure, la partage en deux et revient avec une

(1) Qu'importe.

moitié vers son père. Interrogé par lui sur les motifs de cette conduite : «je garde l'autre moitié pour vous, quand vous serez vieux, » lui répond-il.

Je vous partirai autressi (1)
Comme vous avez lui parti
Si com'il vous donna l'avoir,
Tout aussi le veuil-je avoir;
Que jà de moi n'emporterez
Fors que tout comm'vou li donnerez.

Cette réponse inattendue fait rentrer un fils ingrat en lui-même, et il ne songe plus qu'à réparer ses torts.

Il y a de l'adresse à avoir mis dans la bouche d'un enfant le trait qui amène la morale et le dénouement du conte.

Un homme, que son amour pour les lettres et les nombreux services dont elles lui sont redevables, rendra long-temps cher à ceux qui, comme lui, les aiment et s'en occupent, M. de Caylus, dans un mémoire sur les fabliaux (2), s'est plû à reconnaître en eux tous les genres de mérite, et il a même été jusqu'à assurer qu'il n'en est aucun dont on ne puisse trouver le modèle dans ces anciennes poésies.

Malgré tout le respect que l'on doit à un savant aussi distingué, il est difficile cependant

(1) Pareillement.

(2) Mém. de l'Acad. des belles-lett. tom. 20.

de ne pas ôter quelques fleurons à la brillante couronne dont il a décoré si généreusement nos premiers poètes, et de ne pas croire, par exemple, que les images et l'expression poétique qui donnent au style la couleur et la vie, se rencontrent bien rarement chez eux; que la coupe heureuse du vers, l'art d'en suspendre ou d'en hâter à propos la marche, l'harmonie soutenue des périodes, la richesse des développemens, tous ces secrets enfin de l'art d'écrire, leur sont à peu près inconnus; ils sont loin également d'être à l'abri du reproche sous le rapport de l'invention et des caractères; mais aussi presque toujours ils ont le mérite si rare d'unir le naturel à la grâce, et l'esprit à la simplicité; quelquefois même ils ont su joindre à ces qualités précieuses une vigueur, une énergie remarquables, et ce partage leur laisse encore assez de droits à l'éloge comme assez de titres au talent. Sans doute, ils en avaient beaucoup, ces pères de la poésie française, qui ont fourni des contes à Boccace, et des sonnets à Pétrarque (1) auxquels Rabelais, Lafontaine et Molière ont si largement emprunté : le dernier sur-tout, qui leur a pris le sujet de plus d'une comédie, et même le dialogue d'une scène toute entière.

L'idée première du Médecin malgré lui

(1) Décameron, 7e., 8e., 9e. et 10e. journées.

se retrouve en effet dans le fabliau du *Vilain mire* (médecin); et il est tel endroit de la pièce où les paroles, en passant de la poésie dans la prose, n'ont subi d'autre changement que celui apporté par le tems dans une langue que trois cents ans d'études et de travaux avaient perfectionnée.

Si chez Molière, la femme de Sganarelle, voulant se venger des coups que son mari lui a donnés, dit à Valère, qui cherche un médecin :

« Vous ne pouviez pas mieux vous adresser.
« Nous avons un homme, le plus merveilleux
« homme du monde pour les cas désespérés,
« un homme extraordinaire ; mais je vous
« donne avis que vous n'en viendrez à bout,
« qu'il n'avouera jamais qu'il est médecin, s'il
« se le met en fantaisie, que vous ne preniez
« un bâton et ne le réduisiez à force de coups,
« à vous confesser à la fin ce qu'il vous cachera
« d'abord ».

Dans le fabliau, la femme du Vilain, dont le ressentiment contre son mari a le même motif, dit aux officiers du roi, également envoyés à la recherche d'un médecin qui puisse guérir sa fille :

. . . . Vous n'irez
Pas si loin comme vous pensez ;
Car mon mari, est je vous di,
Bon mire, je vous le afi (1).

(1) Affirme.

Certes il scet plus de mécines,
Et de vrais jugemens d'urines,
Qu'oncques ne sut Ypocras.
— Dame, dites-le vous à gab (1)
— De gaber (2), dit-elle, je n'ai cure;
Mais il est de telle nature,
Qu'il ne serait por nelui (3) rien,
S'ainçois (4) ne le batait-on bien.

On pourrait multiplier encore ces rapprochemens, si ce n'était assez pour la conviction de ce seul exemple.

Nous avons dit tout à l'heure que l'on rencontrait épars çà et là dans les fabliaux des morceaux écrits avec une chaleur, une force d'expression assez rare pour mériter d'être remarquée. Ce portrait d'un chevalier en est la preuve :

Qui est li gentis Bachelers,
Qui d'espée fu engendrez,
Et parmi li hiaumes aletiez,
Et dedans un escu berciez?
Et de chair de lions norris,
Et au grand tonnoire endormis,
Et au visage de dragon,
Yex (5) de liepart, cuœur de lion,
Dens de sanglier], isnians (6) comme tigre;
Qui d'une escorbillon s'enivre,
Et qui fait de son poing massue.

(1) Mocquerie.
(2) Moquer.
(3) Personne.
(4) A moins que
(5) Yeux.
(6) Prompt.

Qui cheval et chevalier rue,
Jusqu'à la terre comme foudre;
Qui voit plus clair parmi la poudre,
Que faucon ne fet dans l'air.
Qui tressaut (1) la mer d'Angleterre,
Por une aventure conquerre;
Si fet-il les monts de mont geu (2)
Là sont ses festes et ses jeux.
Et s'il vient à une bataille,
Ainsi com li vent fet la paille,
Les fet fuir par devant lui,
Ni ne veut joûter à nelui
Fors que du pié hors de l'étrier.
S'abat cheval et chevalier,
Et sovent le criève par force,
Fer ne fust platine n'escorce
Ne peut contre ses coups durer,
Et peut tant le hiaume endurer,
Qu'à dormir ni à someiller,
Ne li convient autre oreiller.
Et veut la grande poudrière boire,
Avec l'aleine des chevaux.
Et chasse par monts et par vaux,
Ours et lions et cerfs de nuit,
Tout à pié. Ce sont si déduit
Et donne tout sans rien retenir (3).

---

(7) Traverse.

(8) Jura.

(3) M. Aimé Martin a traduit ce morceau en vers; le voici:

Honneur au chevalier qui s'arme pour la France!
Dans les champs de la gloire il reçut la naissance.
Bercé dans un écu, dans un casque allaité,
Déchirant des lions le flanc ensanglanté,
Il marche sans repos où la gloire l'appelle.
A l'aspect du combat son visage étincelle.
L'amour arme son bras, et l'honneur le conduit.
Il paraît: tout frissonne. Il combat: tout s'enfuit.

Si l'on ne veut point chercher dans ces vers ce qui ne saurait y être, on y trouvera un ton soutenu, une touche vigoureuse, une description vive et animée. Le début est sur-tout remarquable à cet égard.

Qui est li gentis Bachelers
Qui d'espée fu engendrez
Et parmi li hiaume aletiez, etc.

Voilà du mouvement, des images; *bercé dans un écu, engendré de l'épée, alaité parmi les armes*, *boire l'haleine* des chevaux (nous dirions aujourd'hui respirer), sont des figures, des expressions pleines de feu, de la poésie; et ce vers

Donne tout sans rien retenir,

termine par un trait heureux et inattendu cette vive peinture des qualités d'un guerrier.

Au sein de la tempête étendu sur la terre,
Il dort paisiblement au fracas du tonnerre;
Et lorsque la poussière, en épais tourbillons,
Cache des ennemis les sanglans bataillons,
Lui seul les voit encore et s'élance avec joie:
Semblable à l'aigle altier qui découvre sa proie,
Et qui, dans sa fureur plongeant du haut des cieux,
La frappe, la saisit, la déchire à nos yeux.
Les montagnes, les bois et les mers orageuses,
Des Sarrazins vaincus les rives malheureuses,
Ont retenti souvent du bruit de ses exploits.
Il venge la faiblesse, il protège les rois.
Vingt troupes de guerriers devant lui dispersées,
Les coursiers effrayés, les armes fracassées,
Comblent tous les desirs de son cœur belliqueux,
Et voilà ses plaisirs, ses fêtes et ses jeux.

Si les fabliaux offraient beaucoup de morceaux pareils, leur lecture intéresserait d'avantage; mais le mélange choquant de tous les tons, de tous les genres s'y fait trop souvent sentir; on y passe sans motif comme sans art

Du grave au doux, du plaisant au sévère,

de l'effronterie la plus cynique à la dévotion la plus austère. Ces défauts sont ceux du temps et de l'imperfection à laquelle est assujéti tout ce qui commence. Mais s'ils existent dans les originaux, du moins ils ont disparu pour nous dans cette imitation si parfaite, fruit du talent le plus heureux comme le plus facile, qui a su corriger son modèle, sans en altérer les grâces naïves et la simplicité première. C'est dans les contes de ce rêveur aimable, que l'amitié surnommait à si juste titre le *fablier*, de cet homme unique qui semble avoir été placé entre le moyen âge et celui-ci pour les lier l'un à l'autre, et nous conserver une image fidèle de nos vieux romanciers, long-temps après qu'ils ne sont plus, qu'il faut aller chercher leur esprit, leur manière, et jusqu'à leur langage dont il a su employer avec tant de bonheur un si grand nombre d'expressions.

III. *Nouvelles*.

Avec les fabliaux, le douzième siècle produisit encore beaucoup de contes écrits également en vers, mais qui se distinguent par de plus nobles aventures et le ton plus soutenu du récit. C'est à ces compositions d'un genre différent que nous donnons le nom de Nouvelles ; et nous n'hésitons pas à regarder comme telles, *le Vair palefroi*, *le Chevalier de Coucy*, *le Chevalier à l'épée*, *Gautier d'Aupaix*, *la Chatelaine de Vergy qui mourut pour trop aimer*, et sur-tout *Grisélidis*, la plus attachante de toutes les nouvelles qui le sont en général beaucoup ; *Grisélidis*, traduite en tant de langues, représentée sur tant de théâtres, et toujours lue ou écoutée avec plaisir.

Parmi ces contes, on en trouve un mêlé de prose et de vers. Cette disposition particulière, ainsi que les notes de musique qui l'accompagnent dans le manuscrit, indiquent assez qu'il était tour à tour récité et chanté. Ce petit roman, qui ne le cède point en réputation à Grisélidis, a mérité comme lui les honneurs de la scène et les éloges du cabinet : c'est celui *d'Aucassin et Nicolette*, auquel, vers la fin du siècle dernier, un savant recommandable et la verve d'un poète comique donnèrent une nouvelle existence C'est ici le lieu de justifier le reproche que nous avons adressé à nos premiers romanciers, d'avoir presque toujours ignoré l'art de tracer un plan d'une certaine étendue ; et c'est le conte lui-même qui va nous en fournir la preuve.

Le sujet en est trop connu pour que nous le

suivions dans tous ses détails; il suffira de rappeler cette fuite si mal imaginée de Nicolette dans la forêt de Beaucaire, où elle passe plusieurs jours à attendre son ami, sans penser qu'on doit être à sa poursuite; qu'il n'est pas difficile de l'atteindre dans un bois éloigné de la ville de deux portées de traits (de deux arbalestrées), et que c'en est fait de sa vie, si on vient à la découvrir. Cependant que fait-elle dans cette forêt où elle doit être en proie aux plus vives allarmes? Elle s'occupe à construire sur le bord du chemin une cabane de feuillages, à l'orner de fleurs, de gazons, non dans le dessein encore de s'en faire un abri contre les bêtes féroces dont la forêt est remplie, mais dans la seule vue d'éprouver Aucassin qui

> Ne s'y repose un petit
> Jà ne sera de ses amis;

elle, que tout ce qui s'est passé jusques là doit avoir amplement convaincue de l'amour du jeune damoiseau.

Cependant celui-ci, averti par un berger que Nicolette l'attend dans le bois, vient aussitôt l'y chercher. Après avoir erré long-temps parmi les buissons et les ronces, sans pouvoir la trouver, il apperçoit enfin la cabane de feuillages. Mais le ravissement où le jette une pareille marque d'amour, est tel qu'en descendant de cheval trop précipitamment, il tombe sur une pierre et se démet l'épaule.

Nous ne dirons rien de la terre de Terrelore, où nos deux amans se réfugient, ni de sa loi singulière qui envoie à l'armée l'épouse du roi, à peine délivrée des douleurs de l'enfantement, tandis que celui-ci se met au lit pour y recevoir les félicitations de sa cour. On dit que loin de nous, chez des peuples à peine connus, cette coutume existe en effet Dans ce cas, la bisarre invention d'un poëte ignorant aurait du moins le mérite d'avoir deviné la vérité. Aucassin qui survient dans le moment, et qui ne goûte point cet usage, saisit un bâton qui se trouve sous sa main, arrache d'un bras nerveux le roi de son lit, et de l'autre le frappe à coups redoublés, *tant que mort le dut avoir.*

Après cette vigoureuse correction accompagnée de quelques apostrophes qui riment *très-richement en tain* (1), le redoutable chevalier n'a pas de peine à obtenir du roi le serment d'abolir la loi; en retour il lui promet l'assistance de son bras contre ses ennemis. Le prince qui vient d'en faire une si terrible épreuve, ne balance pas à l'accepter; tous deux partent pour l'armée. En arrivant, Aucassin renvoie la reine dans son palais, et s'avance seul vers les ennemis qui de leur côté viennent à lui avec des

(1) Par le cœur diu, fait Aucassin, malvais fis de p....., je vos ocirai, se vos me afiez que jamais hom en vo tere, d'enfant ne gerra.

œufs, du fromage mou et des pommes cuites. A la vue de ces redoutables combattans, le chevalier tire son épée, et l'on n'a pas de peine à croire qu'elle fait un étrange ravage au milieu d'ennemis qui n'ont pour se défendre que de pareilles armes. Il faut garder le silence sur ces absurdités qui ne trouvent d'excuses que dans l'allégorie aujourd'hui perdue pour nous, qu'elles renfermaient sans doute, et déplorer le temps où de semblables fables, quelqu'explication qu'on leur donnât alors, étaient lues et applaudies.

L'auteur ignoré de ce fabliau, car le temps a respecté son ouvrage, sans épargner son nom, met autant de sagesse dans les discours de ses personnages que de choix et d'art dans les événemens dont il compose sa fable. Le comte Garins n'est qu'un furieux inexcusable, quand il veut faire périr une jeune fille, parce que son fils en est épris; et un parjure, quand après avoir engagé sa parole à ce même fils de lui faire voir encore une fois sa douce amie, s'il repousse le comte de Bongars, prêt à se rendre maître du château, il refuse de tenir sa promesse, dès que la victoire du jeune chevalier a éloigné le danger. Celui-ci, outré de se voir ravir le prix de son courage, se retourne vers le comte de Valence, fait prisonnier dans la mêlée : « Comte, lui dit-il, jurez-moi que tant que vous vivrez, il ne se passera pas de jour que vous ne fassiez à mon père, soit dans sa personne, ou dans ses biens, tout le mal qui sera en votre pouvoir. » A cette étrange proposition le comte de Valence se récrie, il conjure Aucassin d'exiger de lui tel autre prix qu'il voudra, mais de ne pas abuser ainsi de son malheur. « N'êtes-vous pas mon prisonnier, s'écrie le chevalier furieux? jurez donc sur-le-champ, de faire ce que j'exige, ou vous êtes mort (1)». En même temps il tire son épée. Mais le comte épouvanté se hâte de l'apaiser par sa soumission. Alors Aucassin satisfait lui rend son cheval et ses armes, et l'accompagne lui-même jusqu'à la porte de la ville, où il lui donne la liberté.

Si les mœurs du temps approuvaient un pareil dialogue, il faut convenir que la nature et la raison le désavoueront toujours.

Et que dire de Nicolette que le sort a conduite à Carthage où elle retrouve son père dans le roi du pays? Celui-ci veut lui donner pour époux un jeune prince sarrasin ; mais Nicolette résolue de garder sa foi à Aucassin, s'échappe de Car-

---

(1) Ce m'afiez qu'à nul jor que vous aurez en vie, ne porez mon père faire honte, ne destorbier de son cor ne de son avoir, que vos ne le faciez. — Sire, pordiu, fait-il, ne me gabez mie, mais metez-moi à rençon . . . . . Comment fait Aucassin, me connaissiez-vos que je vos ai pris. — Sire, oui—jà Diu ne m'ait, fait Aucassin, se vos ne le afiez, si je ne vos fais jà celle tête voler. — Enondu, fait-il, je vous afie quanque voliez.

thage, comme elle s'était enfuie de Beaucaire, et gagne le bord de la mer, où après s'être noirci le visage avec une certaine herbe, et avoir pris des habits d'homme, elle s'embarque dans un frêle bateau de pêcheur, qui la conduit en Provence. Bientôt elle arrive à Beaucaire. Là, sous le costume d'un jongleur, et le teint basané d'un Africain, elle est reçue à la cour d'Aucassin, devant lequel elle chante sa romance, qui n'est autre chose que sa propre histoire. En l'écoutant, le cœur du jeune chevalier est vivement ému. Un tendre souvenir réveille sa douleur et fait saigner une blessure encore mal fermée. A peine le faux menestrel a-t-il cessé de chanter, qu'il le fait approcher et lui demande s'il connaît cette Nicolette dont il vient de raconter les avantures. Oui, sire, lui répond-elle, c'est la plus sage et la plus fidèle amie qui fut jamais. En vain le roi, son père, veut la marier à un riche prince, elle n'aimera jamais que son Aucassin. — Ah! beau doux ami, s'écrie le Damoiseau, demandez tout l'or, tout l'argent que je possède, il est à vous; mais permettez-moi de retourner vers elle, de l'assurer que jamais Aucassin n'aura d'autre épouse, et de tout entreprendre pour la conduire ici.

A ce langage si vrai de l'amour le plus tendre, quelle femme ne se serait pas trahie? Mais Nicolette, plus maîtresse d'elle-même, et toujours fidèle à son goût pour les épreuves, continue le rôle qu'elle a commencé ; elle feint de consentir aux vœux d'Aucassin, et le quitte pour aller disposer son départ. En s'éloignant, elle se retourne, et voit des larmes qui coulent des yeuxdu jeune damoiseau. Elle revient vers lui : on croit qu'elle va se faire connaître, et lui rendre enfin sa douce amie, il n'en est rien. Elle se contente de le consoler, de l'assurer qu'il reverra sa Nicolette plutôt encore qu'il n'ose s'en flatter, et l'amour le plus tendre, gémissant en sa présence de l'avoir perdue, n'en obtient rien de plus que cette incertaine et vague promesse. Ce n'est qu'au bout de huit jours employés à rendre à son teint sa fraîcheur et son éclat, qu'elle vient retrouver Aucassin, pour ne le plus quitter.

Assurément, si l'on en excepte ce mouvement si plein de vérité qui ramène Nicolette auprès de son ami, quand elle voit ses larmes, il n'y a rien dans ce tissu bisarre d'aventures mal imaginées, qui ne soit faux, ridicule ou exagéré ; que serait-ce donc, si nous avions rapporté l'épisode du pâtre chassé de chez son maître pour avoir laissé égarer un bœuf ; les discours étranges d'Aucassin et du Vicomte de Beaucaire, sur l'enfer et le Paradis (1), et tant d'autres endroits où le goût n'a pas moins à

---

(1) MM. de Ste.-Palaye, et le Grand-d'Aussi ont supprimé ces morceaux dans leurs traductions.

souffrir que le bon sens ; et cependant malgré tant d'extravagances, ce fabliau n'en mérite pas moins les éloges qu'on lui a donnés, et l'honneur que deux célèbres académiciens lui ont fait : l'un de le traduire, et l'autre, de le transporter sur la scène. Il inspirera toujours de l'intérêt ; ce n'est pas comme on vient de le voir, sous le rapport de l'invention, ni des caractères : mais comme il est plus facile de bien imaginer que de bien sentir, on aura toujours à y louer, des sentimens vrais, des scènes intéressantes, un ton de candeur et de loyauté que notre langue, dit M. Legrand-d'Aussy, paraît avoir perdu sans retour ; et il n'a que trop raison.

Nicolette, en s'échappant de Beaucaire, passe auprès de la tour où le père d'Aucassin a fait renfermer son fils. Elle l'entend gémir, et reconnaît sa voix. Il est nuit ; elle est seule. Elle s'arrête et répond à sa plainte. Elle le console, lui fait espérer qu'il sera bientôt libre, puisqu'elle va, pour l'amour de lui, s'éloigner, quitter la Provence et passer les mers. Alors coupant une boucle de ses cheveux, elle les jette dans la tour.

Aucassin les prist, li ber (1),
Si les a molt honorés,
Et baisiés et accolés.
En son sein les a boutés.

(1) Le Baron.

Si recommence à plorer,
Tout pour s'amie.

Cependant nos deux amans sont libres, ils sont réunis ; Aucassin a retrouvé sa Nicolette ; il la prend avec lui sur son cheval, et tous deux se hâtent de gagner la mer.

Aucassin li biaux, li blons,
Li gentix, li amoroux
Est issu del gaut parfaid (1);
Entre ses bras, ses amors,
Devant lui sor son arçon.
Les ex li baise et le front,
Et la bouce et le menton,
Ele l'a mis à raison.
Aucassin, biax amis dox,
En quele terre en irons-nous ?
Douce amie, que sais-je où.
Moi ne conte ò nos allions
En forêt ou en destors,
Mais que je sois avec vous.

S'il faut ici demander grace pour la barbarie du langage à des oreilles accoutumées aux vers de Racine et de Voltaire, il faut aussi demander des éloges pour cette simplicité si naïve, si gracieuse. Rien ne manque à ce charmant tableau. Aucassin, long-temps séparé de sa douce amie, la retrouve enfin. Elle est assise devant lui sur son dextrier : il la tient dans ses bras, l'accable de caresses, il couvre de baisers son front, ses yeux, sa bouche,

---

(1) Goûte ce bonheur parfait.

Elle l'a mis à raison ;

et l'amour ardent du gentil damoiseau s'est arrêté devant la timide pudeur de sa jeune maîtresse. C'est elle encore dont la craintive inquiétude s'informe où l'on ira, et la réponse d'Aucassin est bien d'un amant tout entier à son ivresse. Tous les lieux lui sont indifférens, pourvu qu'il y soit avec ce qu'il aime.

Il semble que l'ingénieux et brillant écrivain de la cour de Charles II n'ait fait que copier l'auteur du naïf fabliau, quand il nous peint dans un de ses plus jolis contes, Tarare monté sur la jument sonnante, fuyant non pas un père en courroux, mais une vieille et méchante fée, et tenant entre ses bras Fleur d'Épine, ses amours, qui se laisse aller doucement vers lui, en appuyant ses mains sur celles qu'il tient autour d'elle pour la soutenir.

Qu'on relise dans l'une des deux traductions que nous avons de ce fabliau, car ici le style n'est rien, les sentimens sont tout, l'endroit où Aucassin, tout entier à sa douce amie, au milieu de la bataille, et uniquement occupé de l'idée de la revoir, oublie le combat, les ennemis et lui-même, et n'est tiré de sa rêverie que par les coups qu'on lui porte de toutes parts; celui où Nicolette s'échappe de sa prison et bientôt après de la ville; celui encore où elle s'apperçoit de la blessure d'Aucassin, et la panse elle-même; qu'on lise tous ces morceaux, et l'on sentira que le naturel le plus vrai les a seuls inspirés; le naturel, qui dans les arts d'imitation est le premier de tous les mérites ; qui couvre de son charme inexprimable les défauts les plus choquans, se joue de toutes les règles, parce qu'il entraîne, en se montrant, tous les suffrages, et nous attendrit sur la douleur d'Ariane et de Didon, comme il nous intéresse aux amours d'une simple bergère et à l'amitié de deux pigeons.

L'art des vers, loin de s'affaiblir au treizième siècle, fit au contraire de nouveaux progrès. Le précédent avait produit beaucoup de traductions, de contes dévots, et de fabliaux. Celui-ci se distingua par des *satyres*, *des lais*, *des fables*, *des tensons ou jeux mi-partis*, *des pastorales*, dont quelques-unes sont dialoguées, et semblent avoir été les premiers essais de l'art dramatique en France ; enfin par autant de chansons et de romans que le douzième siècle avait vu naître de fabliaux.

Une remarque qui semble d'abord s'offrir d'elle-même à la lecture de ces ouvrages, c'est qu'ils présentent, à l'exception des tensons et des romans, plus de travail de la pensée, plus d'habitude de la réflexion que ceux qui les ont précédés. Sans doute, les convenances n'y sont pas mieux observées, les mœurs y sont encore grossières ; il n'est pas rare d'y voir les scènes les plus scandaleuses se terminer par les plus dévotes prières ; et dans son Art d'amour, Guillaume Guiart, après avoir enseigné comme

Ovide, finit par prêcher comme saint Bernard; mais la justice demande qu'en rejettant sur l'ignorance d'un siècle où la Scolastique et la Légende étaient plus étudiées qu'Horace et Quintilien, les fautes de goût dont ces productions abondent, on tienne en même temps compte à leurs auteurs d'avoir su très-souvent y parler le langage de la raison et de la morale.

Saint Louis régnait alors; et sous son gouvernement juste et ferme, elles reprenaient peu à peu leurs droits. Le treizième siècle lui dut l'abolition de ces coutumes barbares des anciens temps, ainsi que la naissance de plusieurs belles institutions. En effet, tandis que ses lois proscrivaient les duels en matiere civile, les épreuves, la servitude, le droit d'asyle, sa bienveillance accordait à Robert la confirmation de la Sorbonne, le plus ancien comme le plus fameux des colléges de théologie; et sa générosité lui donnait en même temps la propriété de plusieurs maisons voisines pour y loger les *pauvres maîtres*. L'on désignait alors par ce titre modeste les docteurs chargés de l'enseignement des sciences.

Des écoles déjà célèbres existaient en Bretagne et ailleurs; Abélard, Robert d'Arbriselles et plusieurs autres personnages fameux étaient sortis de leur sein. Les universités de Toulouse et de Montpellier s'élevaient à l'exemple de celles de Paris, mais elles se contentaient d'imiter ses travaux sans prétendre à sa gloire. Elle avait rendu la capitale le centre des études et des lettres ; de tous côtés l'on accourait aux leçons de ses maîtres ; des rois même quittaient leurs états pour venir les entendre ; et l'ardeur de s'instruire fut telle, qu'au rapport d'un grave historien, Mathieu Paris, le nombre des étudians égalant celui des citoyens de Paris, on se vit obligé d'en agrandir l'enceinte. Enfin, selon la noble expression de Guillaume de Nangis, la science commença dès-lors à être regardée comme une portion de la fleur de lys qui formait les armes du royaume. Ainsi, l'enseignement, trop long-temps renfermé dans les cloîtres, en sortait peu à peu et se répandait au dehors. Le domaine de la pensée s'agrandissait, et l'esprit humain commençait à le parcourir.

Toutefois, ne disimulons rien : ces écoles, ces colléges, ces universités ne répandaient pas encore une lumière bien pure ; on n'en avait point encore banni ce déplorable abus de l'argumentation, né parmi les Grecs, et qui vint ensuite infecter l'Occident. Mais si les points les plus épineux de la plus obscure théologie étaient sans cesse discutés, commentés dans les écoles ; s'il sortit de ces controverses ardentes la trop fameuse hérésie de Bérenger, et les interminables et très-ridicules disputes des Nominaux et des Universaux, il y avait aussi quelques bons esprits qui traitaient ces derniers de *vendeurs de mots*, ce qui était plus sage, et sur-tout qui se livraient avec zèle à l'étude de la jurisprudence et du nouveau code Justinien, ce qui était plus utile. Les discussions, les subtilités de l'école avaient encore cet avantage qu'elles donnaient l'habitude de l'application et une certaine force à l'esprit. Tout n'est pas perdu même dans un mauvais travail ; et la poésie se ressentit des avantages comme des erreurs de son siècle.

IV. *Tensons ou jeux mi-partis.*

C'est ainsi que l'on retrouve le goût pour la controverse dans ces pièces de vers connues sous le nom de tensons, ou jeux mi-partis, dont le sujet est toujours une question de métaphysique amoureuse, au soutien de laquelle on épuisait de part et d'autre les dernières finesses du plus subtil raisonnement. Jehau de Bretel et Gravilliers, s'attirèrent dans ce genre de poésie une grande réputation.

L'un, par exemple, demandait à l'autre qui rend un amant plus heureux de la jouissance ou du souvenir ?

Ou bien encore : un faux amant faussement prie une qui faussement accorde, lequel des deux doit-on le plus blâmer ?

Cette languissante et froide galanterie mérite d'être mise à côté de celle qui traça la carte de tendre, où l'on arrive par petits soins et par billets doux, et doit être oubliée comme elle.

V. *Satyres et contes moraux.*

On trouve plus d'intérêt et de talent dans les *sirventes*, *sirvantois* ou poésies satyriques que ce siècle vit éclore et qui étonnent encore aujourd'hui par la liberté de la pensée et la hardiesse de la plainte. Tantôt c'est un poète spirituel et malin, Rute-bœuf, qui, dans un dialogue intitulé *les Croisades*, discute sous les noms de deux interlocuteurs, les avantages et les inconvéniens de ces pieuses expéditions, et se montre aussi bon philosophe que politique habile; tantôt c'est encore une nouvelle critique, fruit de sa plume féconde, qui trace ainsi le portrait d'une dévote:

En riens que béguine die
N'entendez tuit ce bien non.
Tot est de religion,
Quoique l'on trouve en sa vie.
Sa parole est prophétie.
S'ele rie, c'est compaignie,
S'ele pleure c'est dévocion,
S'ele dort elle est ravie,
S'ele songe c'est vision,
S'ele ment, n'en croyez rien, etc.

Si béguine se marie,
C'est sa conversacion,
Ces vœux, sa prophécion
N'est pas à toute sa vie.
Cet an pleure, et cet an prie,
Et cet an prenra baron.

Or est Marthe, or est Marie,
Or se garde, or se marie,
Mais n'en dites si bien, non.
Li roi ne le souffrirait mie.

Tantôt, enfin, c'est Renaud d'Audon et le seigneur de Berze, censurant dans leurs rimes, les travers et les ridicules; c'est Guyot de Provins, dans sa Bible, passant en revue les rois, les princes, les papes, les prélats, tous les rangs enfin comme tous les états, et leur prodiguant les reproches les plus sanglans, les plus durs; son zèle amer débute ainsi :

Dou siècle puant et orrible,
M'estuet (1) commencer une bible,
Por paindre et por aguillonner
Et por grant essample donner.

Ce qui suit ne dément point un pareil commencement :

Des princes sui plus esbahis,
Cil ne connaissent, cil n'entendent.
Cil n'empirent ne cil n'amendent.
Empirier ne porraient-ils;
Comment amenderaient-ils?
Qu'ils n'ont vergoigne ne peur,
Qu'ils ne puissent estre pir.
Ils n'ont ne doute ne peur
De Dieu ne dou siècle vergoigne.
Ah! douce France, ah! Bourgoigne,
Certes, com'êtes aveuglées?
Com vos vi de gens honorées!

(1) Il faut.

Or plorent les bonnes mesons,
Les bons princes, les bons barons,
Qui les grant cors (1) y assembloient,
Et qui les biaux dons y donnoient.

Si la majesté du rang n'impose point au censeur, la sainteté du ministère n'en obtient pas plus de respect, et il faut bien l'avouer : les désordres du clergé n'étaient point alors au-dessous de plaintes telles que celles-ci, et l'indignation qui semble tenir ici la plume, et dicter cette vive apostrophe, n'eût éprouvé d'autre embarras pour la justifier que le choix des moyens :

. . . . . Ah! Rome, Rome,
Encore occiras-tu maint homme;
Vous nous ocsiez chacun jour.
Chrestienté a pris son tour.
Tout est perdu et confondu.
Quant li Chardonal (2) sunt venus
Qui viennent cà, tuit alumés,
Et de convoitise embrasés.
Là viennent pleins de simonie,
Et comble de malvèse vie.
Là viennent sans nul reson,
Sans foi et sans religion.
Qu'ils vendent Deu et sa mère,
Et traïssent nos et leur père.
Tout désolent et tot dévorent.
Certes, li signes trop démorent,

---

(1) Cours.
(2) Cardinaux.

Qui nostres sires doit montrer,
Quant li siècle devra finer.

Ces plaintes du poète de Provins, ainsi que celles des autres trouvères, n'étaient dans le nord de la France que la répétition de beaucoup plus amères encore, que les troubadours exhalaient au midi contre les papes et les moines. « Faux clergé, dit Bertrand Carbonel (1), tu commets chaque jour tant de désordres publics que le monde est dans le trouble et la confusion. . . . . . Que le Saint-Esprit, qui prit chair humaine, écoute nos vœux, dit Guillaume Figuiera (2), et qu'il te brise le bec; Rome, je ne puis assez dire combien tu es fourbe envers nous et les grecs. »

Ces sanglantes invectives, que nous avons encore beaucoup adoucies en les abrégeant, nous ne les rapportons point ici pour flatter la haine ou servir l'impiété. Malgré des torts sans doute trop réels, nous savons tout ce qu'on doit d'égards à qui n'est plus, et quelqu'aient été les coupables excès des moines, du moment qu'ils ont cessé d'exister, le bien qu'ils ont fait couvre à nos yeux les maux qu'ils ont causés. Ce n'est point dans un ouvrage en l'honneur des lettres que doit se trouver la condamnation de ceux qui les recueillirent à peine

(1) Voy. son art. dans Millot, Hist. des troubadours.
(2) Id. loc. citat.

échappées des ravages et de la fureur des barbares, et dont les soins pieux et les travaux constans sauvèrent d'une mort éternelle ces écrits, aujourd'hui notre gloire et nos plaisirs ; mais l'homme qui aime à chercher dans les événemens les causes morales qui les ont amenés, se demandera toujours d'où pouvait naître alors une si grande opposition entre la conduite et les opinions, les paroles et les faits? L'incrédulité la plus hardie et libre de toutes contrainte, n'a pas de nos jours été plus loin que nos premiers poètes dans leurs ouvrages écrits sous l'empire des moines ; et le plus souvent ces poètes eux-mêmes, impies dans leurs écrits, et dévôts dans leur conduite, allaient revêtir, dans un cloître, le froc et la haire, et se courber sous le joug dont ils s'étaient plus d'une fois moqués ; certes on se demandera toujours comment il a pu se faire que les siècles religieux aient été ceux où l'on a versé davantage le mépris et l'injure sur un saint ministère? Serait - ce que dans ces temps grossiers et d'une franchise ennemie de tout ménagement, on séparât le prêtre de l'autel, et qu'en obéissant à ses ordres, comme émanés du Dieu dont il était l'apôtre, on ne flétrît pas moins d'une censure amère, ses scandaleux excès? Serait-ce aussi que ce clergé, si redoutable et si patient à-la-fois, souffrît facilement la satyre publique de ses vices, pourvu qu'on les lui laissât ; qu'habitué à tout se permettre, en retour, il trouvât bon de tout entendre, et que, par un consentement tacite, il tolérât des sarcasmes qui ne nuisaient en effet ni à sa puissance ni à ses plaisirs ? Ce n'est point ici le lieu d'approfondir une pareille discussion ; elle s'accommoderait mal avec la nature de notre sujet, la poésie nous rappelle, et peut-être ses aimables fictions valent-elles bien de graves raisonnemens et de tristes réalités.

Parmi les différentes professions que Guyot de Provins passe en revue dans sa bible, il n'a garde d'oublier celle des médecins, ou physiciens, comme on les appelait alors. Voici de quel ton il en parle :

> Des fisiciens, dit-il, me merveil,
> De leur œuvre et de leur conseil.
> Ils ne voudraient ja trouver
> Nul homme sans aucun mehaing (1);
> Maint oignement font et maint baing,
> Où il n'a né sens ne rezon.
> Cil eschape d'orde (2) prison,
> Qui de leurs mains peut eschaper.
> Qui biens scet et mentir et guiler (3),
> Et faire noble contenance,
> Tout ont trové, fort la créance
> Que les gens ont fet à bien.
> . . . . . . il n'est mestiers
> Dont il soit tant de mensongiers
> Jà n'ont ne ami, ne parent,
> Qu'ils volsissent trover sain.

(1) Maladie.
(2) Laide.
(3) Tromper.

. . . . . ils m'ont eu
Entre les mains. Oncques ne fu
Ce cuit, nule plus orde vie.
Je n'aime mie lor compaingnie.
Honnis est qui chiet en leurs mains.

C'est bien en lisant ce passage, que Molière, aurait pu, pour me servir de ses propres expressions, revendiquer son bien.

Parmi les productions en vers du treizième siècle, il en est une remarquable entre toutes les autres par sa réputation et son étendue. Imaginée par un Arabe, mise en latin par un juif espagnol, elle fut traduite en français par nos poètes. Cette destinée bisarre prouve au moins la réputation dont l'ouvrage jouissait alors. Les avis que donne un vieillard à son fils font le sujet du *Castoiement*. C'est l'âge prêt à s'éteindre instruisant la jeunesse, et lui léguant près du tombeau sa longue expérience. D'un côté, l'indiscrète naïveté des demandes; de l'autre, l'indulgente gravité des réponses forment un contraste qui n'est pas sans intérêt. Ces réponses qui composent autant d'histoires à la faveur desquelles le père excite et captive l'attention de son jeune auditeur, sont le fil léger qui unit ensemble les différentes parties de cette espèce de drame.

C'est ainsi que dans un de ces contes, et l'ouvrage entier en contient vingt-huit, le vieillard, pour prouver à son fils qu'il ne faut jamais abandonner un bien réel pour un autre imaginaire ;

Un tien vaut mieux
Que deux tu l'auras ,

lui raconte l'histoire d'un vilain qui dans un moment de colère promit ses bœufs au loup , et ne voulut plus tenir ensuite sa parole quand celui-ci vint les lui demander. Un renard qui passait là d'aventure, s'enquit du sujet de la querelle ; quand il en fut instruit, il tira le vilain à part ; et en ayant obtenu la promesse d'une poule , s'il le débarrassait du loup, il revient à celui-ci et lui fait entendre que s'il veut laisser ses bœufs au vilain, il aura en retour un gros et gras fromage. Le loup séduit y consent. Il n'est plus question que d'aller chercher ce mets succulent. Suis-moi, dit le renard au loup. Tous deux marchent jusqu'à la nuit, et arrivent près d'un puits :

La lune du ciel si luisait,
Et l'eve (1) du puits claire était
Li golpiz (2) le leu apela.
Et dedans le puits li monstra,
La forme de la lune plaine ,
Et dist : tant y convient de peine,
Qu'el puits le convient avaler,
Si del fromage velt goûter.
Et dit li leu va-t-en devant
Se li fromage est si grant,

---

(1) Eau.
(2) Renard.

Que tu ne le puisses apporter.
Donc i doi-je bien avaler.
Au puits une corde pendait;
Aux deux chiefs deux seaux avait
En tele manière (1) eurent noés
Por aigue (2) traire à volonté
Que quant li un d'ax (3) avalait (4),
Li austres contremont estait (5),
Li gorpiz. . . . .
En un des seaux est entrez.
El puits est soef avalez (6).
Li leu rehaita (7) son coraige
Puis dist, vien-t-en o li fromaige.
Et li gorpiz li respondit
Je nel puis remuer de ci
Avale, dist-il, si m'aist,
Ou tu n'en mengeras mie.
Li leu en el seel entra
Et dedans le puis avala.
Si com il alait avalant
Li autres s'en venait montant
. . . .
Ains com ils s'entr'encontrèrent.
Dont li dist-li golpiz, beaux frère
Alez vos fromaige menger
Dont vos avez tel désirrer.

Écoutons maintenant Lafontaine, dans le

---

(1) Furent.
(2) Eau.
(3) L'un d'eux.
(4) Descendre.
(5) Remontait.
(6) Aisément.
(7) Reprit courage.

même morceau, et dans ces mêmes détails si difficiles à rendre en poésie :

Un renard un soir aperçut,
La lune au fond d'un puits. L'orbiculaire image
Lui parut un ample fromage.
Deux seaux alternativement,
Puisaient le liquide élément.
Notre renard, pressé par une faim canine,
S'accomode en celui qu'au haut de la machine;
L'autre seau tenait suspendu.
Voilà l'animal descendu
Tiré d'erreur, mais fort en peine,
. . . .
Sire renard était désespéré;
Compère loup le gosier altéré,
Passe par là. L'autre dit, camarade,
Je vous veux régaler. Voyez-vous cet objet,
C'est un fromage exquis, le dieu Faune l'a fait;
La vache Io donna le lait.
Jupiter s'il était malade,
Reprendrait appétit en tâtant d'un tel mets.
. . . .
Descendez dans un sceau que j'ai là mis exprès.
Bien qu'au moins mal qu'il put il arrangea l'histoire,
Le loup fut un sot de le croire,
Il descend, et son poids emportant l'autre part,
Reguinde en haut maître renard.

On retrouve ici tout ce qui manque dans l'original, ou plutôt l'imitation sous le pinceau du génie est devenue un tableau désespérant de perfection. Il n'y avait que Lafontaine qui pût prêter au renard un pareil discours,

cours, et comme son instruction va droit au but, comme elle couvre le piège et ne sert qu'à mieux l'assurer :

> C'est un fromage exquis, le dieu Faune l'a fait;
> La vache Io donna le lait.

Cette dernière raison devait décider un loup imbécille et gourmand.

Il y a pourtant un trait du modèle qu'on ne retrouve point ici. On ne voit point ces deux larrons se rencontrant au milieu du puits, et le renard redevenu railleur en perdant sa crainte, dire au loup que son poids entraîne dans l'humide prison dont il fait sortir son ennemi,

> Biaux frère
> Allez vos fromages manger
> Dont vous avez tel désirer.

Mais il était impossible qu'un pareil trait échappât à notre fabuliste. Aussi le retrouve-t-on dans une autre fable où le renard joue encore au bouc un tour à peu près semblable; et quand il s'est tiré de peine à l'aide des cornes de son compagnon :

> Sorti du puits. . . .
> Il vous lui fait un beau sermon,
> Pour l'exhorter à la patience.

On n'en a pas besoin quand on lit les vers de Lafontaine, tandis que ceux de nos anciens poètes la font perdre trop souvent. Aussi leurs ouvrages composés dans un idiome rempli de mots trop souvent inintelligibles, sont-ils peu connus; et malgré les soins de savans laborieux qui n'ont rien négligé pour en faciliter la lecture, il est très permis de croire qu'elle demeurera toujours l'occupation des érudits, sans devenir jamais l'amusement des gens du monde. Au reste, s''il est à cet égard un moyen d'aller jusqu'à l'instruction, sans faire naître le dégoût, c'est peut-être, et telle a été notre intention, de présenter seulement quelques extraits de cette multitude de poëmes, tous écrits dans une langue si loin encore de ce qu'elle devait être un jour.

Cependant on apperçoit déjà des traces sensibles de ses progrès. L'habitude de mettre dans des interrogations le pronom à la suite du verbe, *sai-je*, *doi-je*, commence à naître. Les troisièmes personnes du pluriel des prétérits sont formées, *lièrent*, *destournèrent*, *s'entr'encontrèrent*. On était dès-lors fidèle à la règle qui veut que l'imparfait du subjontif suive l'emploi de celui de l'indicatif, ainsi que du parfait :

Ainsi, li dirent qu'il s'en allât,
Son moine arrière reportât. . .

La diction s'enrichit aussi d'expressions figurées dont on a depuis continué l'usage, *épris de joie*, *enflambé d'amour*, *embrâsé de convoitise*, *pur*, *net de tout péché*, *alléger son tour-*

ment, mener joie, jeter de l'odeur, se crever d'hypocrisie, un cœur qui rit de joie, la mort qui nous éperonne, un siècle qui court, ouvrir son cœur, ses oreilles, etc., se disaient alors et se disent encore aujourd'hui; mais nous n'avons plus seel, anel, agnel, etc., dont le singulier est devenu semblable au pluriel. Si la langue n'y a rien perdu par rapport au nombre des mots, la poésie en a été apauvrie sous celui de la rime.

Il serait trop long de parcourir en détail les contes du Castoiement. Ils ont tous pour objet de justifier par l'exemple les avis que le vieillard donne à son fils. C'est un cours de morale en action. A ces règles de conduite qui trouvent chaque jour dans le monde une application si fréquente, telles que de ne point compter sur l'amitié que les revers n'ont pas encore éprouvée, d'amasser dans le présent l'aisance de l'avenir, de mettre de la réserve dans les liaisons, et de la bonne foi dans les affaires, etc., le vieillard joint des préceptes d'une plus haute sagesse; et quoique son expression ait vieilli, l'on aime encore à retrouver dans son langage, tout étranger qu'il est pour nous, ces maximes éternelles qui nous apprennent à rendre le bien pour le mal, à supporter la prospérité avec modestie, et le malheur avec résignation, à savoir envisager d'un œil ferme et d'un esprit rassuré le terme de la vie.

Ces grandes leçons de morale n'ont point été étrangères à nos premiers poètes ; et si depuis nous les avons vues reproduites dans des discours où elles paraissent revêtues de toute la richesse et l'éclat d'un vers enchanteur, il n'en faut pas moins leur savoir gré de les avoir fait balbutier à la poésie naissante, et d'avoir pour ainsi dire placé son berceau sous la sauve-garde de ces grandes et utiles vérités.

On doit pourtant avouer qu'au milieu de si graves leçons, il en est quelques-unes qui mettent la sagesse en défaut, et font rougir la pudeur. Mais la liberté trop naïve de trois ou quatre historiettes sur les femmes choque bien plutôt nos convenances modernes, et le ton généralement sévère de l'ouvrage que les lois de l'honneur et du devoir. Qui ne voit que l'indécence est ici dans les mots encore plus que dans les choses? et qui voudrait soutenir que nos anciens poètes ont eu de la mesure et du goût (1)? Comme la plupart des écrits de ce temps, le Castoiement ne manque pas de finir par une exhortation à vivre chrétiennement, que termine ce vers

Amen, amen, dites tretous.

---

(1) On est étonné d'entendre un littérateur estimable qui s'est beaucoup occupé de nos anciennes poésies, M. Legrand d'Aussy, reprocher à cet ouvrage une morale commune, insipide, et qui souvent est même fort malhonnête.

Du moins est-elle là mieux placée que dans beaucoup d'autres compositions où c'était certainement perdre tout respect que d'allier par un assemblage monstrueux le libertinage et la religion. Nous avons déjà dit que Guillaume Guiart achève son Art d'aimer par le conseil édifiant de se rappeler les devoirs d'un chrétien, et la Vierge qui fut si pure; nous rions de ces mœurs grossières dont nous nous croyons aujourd'hui fort loin, et nous oublions Lemaître et Patru mêlant au milieu du grand siècle et dans de graves plaidoyers les citations de l'Evangile à celles du Digeste; Boileau lui-même, cet oracle du goût, écrivant une épître sur l'amour de Dieu, et en terminant une autre sur l'honneur, par ce vers, que certes on n'attendait pas là :

> En Dieu seul est l'homme véritable;

enfin, l'académie française proposant pour prix un sujet de morale dont le texte était ordinairement choisi dans l'Écriture, et transformant en un froid sermon un discours qui ne devait être que littéraire (1). Mais qu'est-il besoin ici de l'exem-

(1) On lit dans les réglemens de l'Académie française, parmi plusieurs autres, ces quatre articles : 1°. les pièces présentées pour le prix d'éloquence doivent avoir une approbation signée de deux docteurs de la Faculté de Paris; 2°. elles doivent être terminées par une courte prière à J. C. . . 3°. les pièces de poésies con-

ple des siècles passés ? Dans celui où nous sommes, sans sortir de l'Europe, sans même quitter la France, il serait facile de retrouver les traces non encore effacées de la barbarie du douzième siècle.

Dans tous les temps, les règles de conduite, les préceptes pour bien vivre ont été nombreux, la pratique seule s'est trouvée rare. Un autre auteur, le seigneur de Berze, s'est aussi érigé en précepteur des dames; mais son livre ne le cède point pour la plupart des leçons et des avis qu'il leur donne, à un autre très-connu de la première enfance, et qui semble n'être en beaucoup d'endroits que la continuation de celui-ci. Cependant au milieu de conseils de cette espèce,

Toutes les fois que vous bevez,
Votre bouche bien essuyez.
Se vous avez bon instrument
De chanter, chantez hautement,
Bien chanter en lieu et tems
Est une chose moult plazans,

On en trouve de plus sérieux :

Mainte dame, quant on la prie,

---

tiendront une courte prière à Dieu, pour le roi, mais séparée du corps de l'ouvrage, et de telle mesure de vers que l'on voudra ; 4°. les auteurs ne mettront point leurs noms à leurs ouvrages, mais une marque, un paraphe, avec un passage de l'Écriture Sainte pour les discours en prose. Hist. de l'Acad., tom. 2.

D'amor en est si esbahie,
Qu'ele ne set que dire,
Ne comment d'amor esconduire,
Ainçois se test : que mot ne die,
Ne otroie ne esconduit,
Et celi vient de simplicité.
Lors cuide (1) cil avoir trové,
Légièrement ce qu'il chace.

. . . .

Or, vendra qui que soit à vous,
Qui se fera moult auguissous (2),
Et moult destrois (3) de votre amour,
Si dira : dame nuit et jour,
Me fet votre biauté languir
Ne puis reposer, ne puis dormir,
Quant je vous voi j'ai si grant joie,
Qu'il m'est avis que je Dieu voie.
Mon cœur n'a rien qui tant li plaise,
Et qui si grant joïe li face.
Quant vous sa plainte aurez oi,
Tout ainsi li respondrez.
Tout com je dois aimer par droit,
Vous aime et toute bonne gent,
Et bien sachez certainement,
Que nul jor austrement n'amaï,
Ne jà, se Dieu plaist, nel ferai.
Celui aim-je que amor doi,
A lui j'ai promise ma foi,
M'amor, mon cœur et mon servise,
Par léauté de sainte yglise,

---

(1) Panse.

(2) Triste.

(3) Chagrin.

Ne jà par moi n'est faussée,
L'amour que Diex m'a commandée.

Ces avis sont sages et tout à fait du treizième siècle ; et je ne sache, après notre auteur, que le livre du seigneur Arnolphe qui soit en état d'aussi bien instruire une femme sur ses devoirs. Mais ce livre des maximes du mariage dont il veut qu'Agnès fasse son unique entretien, ne renferme pas une si tendre prière, ni une si noble réponse.

Ce serait abuser de la patience du lecteur que de parler avec quelque détail de ces pièces si froidement et si longuement ennuyeuses, dont nous avons rapporté les titres, telles que la *bataille des arts libéraux*, *celle des vins*, *celle de carême et charnage*, etc., ou bien celles plus insignifiantes encore, connues sous les noms de *dits des rues et des cris de Paris*, *de chroniques de saint Magloire*, et cent autres ouvrages de cette nature, les uns, compositions bisarres où figurent de métaphysiques personnages dont les actions intéressent aussi peu que l'existence imaginaire ; les autres, insipides amas de dates et de noms propres symétriquement alignés, au milieu desquels il se peut qu'une laborieuse patience qu'aucun dégoût n'effraie, parvienne à découvrir quelque usage singulier, quelque trait de mœurs resté jusqu'alors inconnu, mais qui ne sont à nos yeux que des preuves trop évidentes de la déplorable manie d'alors de mettre tout en vers ; manie dont le délire alla si loin qu'il n'épargna pas même les sujets que leur nature semblait le plus en mettre à l'abri, et qu'il soumit à la mesure jusqu'au droit canon et à la règle de saint Benoît, dont les pieux disciples s'étonnèrent sans doute de lire en rimes profanes les nouveaux statuts de leur sainte institution (1).

VI. *Lais, chansons rotruenges.*

Le treizième siècle fut en partie rempli par le règne de saint Louis, et pendant près de cinquante ans tout ce que peuvent la sagesse et les vertus d'un grand roi pour le bonheur de ses sujets, ce prince le fit pour les siens. Quand les peuples sont heureux, ils chantent, et en France sur-tout plus que partout ailleurs. Aussi ce siècle produisit-il beaucoup de chansons et de lais ; ceux-ci partagés en strophes ou couplets contiennent ordinairement le récit de quelque aventure amoureuse. Chaque couplet est terminé par un refrain d'une extrême simplicité, usage encore imité des Provençaux, qui en ont de semblables dans leurs chansons. Tel est le *lai d'Amelot*, dont chaque stance finit par le retour

---

(1) Un poète du quatorzième siècle, nommée Mousque, mit l'Histoire de France en vers.

de ces mots *Gui aime Amelot*. Plusieurs de ces pièces ont jusqu'à vingt-cinq et trente couplets. Audefroy le bâtard s'est assez distingué dans ce genre de poésie, pour qu'on lui en attribue l'invention; mais on n'a rien de certain à cet égard. Le *lai*, en changeant dans nos temps modernes son nom en celui de romance, a retenu, à quelques altérations près, ses anciennes formes; et rien ne peut en donner une plus juste idée que celles de Moncrif, remarquables par le naturel de la pensée autant que par la grâce de l'expression (1).

Au reste, il paraît que dans ces temps reculés, où l'on n'attachait point aux mots un sens bien déterminé, on appelait également du nom de *lai*, des poëmes qui n'y ressemblaient nullement. Si ceux de *Lanval*, *de Gugemer*, *d'Idoine*, *d'Ignaurès*, par Marie de France, de *Narcisse*, *de l'Oiselet*, *de la Châtelaine de Saint-Gilles*, présentent tous la peinture plus ou moins vive de l'amour, inépuisable sujet, qui dans toutes les langues a fourni au génie ses plus belles pages, *ceux de Courtois*, *du Couseil*, *d'Aristote*, et beaucoup d'autres encore sont d'un tout autre genre, et rentrent, pour le sujet et la forme, dans celui des fabliaux.

(1) Voyez dans ses œuvres, celles intitulés les Infortunes de la comtesse de Saulx, et les Amours d'Alix.

Le premier n'est que l'histoire de l'enfant prodigue, racontée sous d'autres noms; le second renferme le code galant d'alors, développé tout entier dans les conseils qu'un vieux chevalier donne à une dame incertaine de son choix entre trois amans. Celui d'*Aristote* enfin semble n'avoir pour but que la critique des disputes qui divisaient alors l'école au sujet de la doctrine de ce philosophe. C'est dans ce petit poëme que se trouve cette scène singulière que l'on a de nos jours transportée sur le théâtre, avec plus de malignité sans doute que n'en annoncent dans l'original ces vers chantés par la jeune maîtresse d'Alexandre quand elle mène en lesse et portée sur son dos le précepteur trop sévère du monarque amoureux :

> Ainsi, va qui amors maine,
> Pucelle plus blanche que laine,
> Mestre musars me soutient.
> Ainsi va qui amors maine,
> Et ainsi qui les maintient.

Ce lai d'Aristote, imité lui-même d'un conte arabe, a eu le singulier bonheur d'occuper souvent la plume de nos écrivains modernes qui l'ont successivement reproduit sous la forme de nouvelle, de conte et de vaudeville.

Dès ce temps-là comme à présent encore on distinguait plusieurs espèces de chansons. Les chansons de *geste* étaient destinées à célébrer les exploits des héros. Telle était celle de Roland, et quelques autres encore fameuses dans le moyen âge, et depuis oubliées ; les *Rotruenges*, ainsi nommées parce qu'on était dans l'habitude de les accompagner de la *rote* (vielle) en les chantant, etc.

La chanson, inspirée par le plaisir ou l'événement du jour, trouva dans la gaieté française un aliment inépuisable pour ses couplets. Les personnages les plus illustres ne dédaignèrent pas cet innocent badinage ; et dans un recueil qui renferme les noms de plus de soixante chansonniers, à côté de ceux de Blondeau, de Gaces Brulé, de Guillaume le Viniers, on lit ceux du vidame de Chartres, du comte d'Anjou, de Barre de Coucy, du roi de Navarre, etc.

Au milieu d'eux nous retrouvons encore Rutebeuf, et sa verve satyrique, qui toujours fidèle à sa haine contre les moines, lui inspira sa chanson des ordres, dont nous ne citerons que ce couplet.

Tant d'ordres avons jà,
Ne sai qui les sonjà.
Ains Dieu tels gens non a.
S'ils ne sont si ami,
Papelart et Beguin,
Ont le siècle honni.

Tous les couplets de la chanson, et elle en a beaucoup, se terminent par ce refrain. Tous observent également un rythme régulier. Trois vers sur une même rime sont suivis de trois autres sur une différente, dont la dernière ramène celle du refrain. L'on sentait déjà la nécessité de s'asservir à des règles fixes; mais on se permettait encore bien des licences. Il y en a dans cette chanson du vidame de Chartres, dont il suffit de rapporter le premier couplet :

D'amours vient joie et honours en sement (1)
A ceux qui sont loyals en son service.
Ne nus (2) ne peut avoir entièrement,
Prix ne valour s'amors ne le justice.
De ce ai bien la vérité aprise,
Pour cela sers de fin cœur loyaument,
Et aimerai sans nul désinement,
Ma dame et li, si est la chose emprise (3).

Citons encore celui-ci pour la vérité du sentiment :

Quand voi les oisiaux esjoir,
Por la douceur de la saison,
Lors chante, pour ma douleur couvrir,
N'ai de chanter autre rezon.
Gens (4) cors, franz cœur, claire façon

(1) Ensemble.
(2) Nul.
(3) Certaine.
(4) Gentil.

Par vous me convendra mourir,
Si je par vous n'ai garison.

L'expression poétique se retrouve dans les vers qui commencent cette autre chanson; et il suffirait de quelques légers changemens pour qu'ils parussent modernes.

Quant recommence et revient beaux estés
Que feuille et fleurs resplendist par boschage;
Que li frois temps del yver est passé,
Et que list oisels chantent en leur langage, etc.

Les mesures les plus rebelles à la rime étaient déjà connues et employées dès ce temps. Nos anciens poètes n'hésitaient point à se prescrire de ces tours de force, dont la difficulté vaincue est le seul mérite. Scarron dans sa pièce si connue:

Sarrasin
Mon voisin,
Cher ami
Qu'à demi
Je ne vois, etc.

Et Chaulieu dans ses vers au duc de Nevers;

Grand Nevers
Si les vers,
Aisément
Prestement
Jaillissoient,
Découloient
De mon front, etc.

ne s'étaient pas mis dans une plus pénible gêne que Gilles le Viniers dans ceux-ci :

Ici est la très-mignote
Note,
Qu'amors fait savoir.
Avoir,
Qui peut bele amie,
Mie,
Nel doit refuser,
User.
En doit sans folie,
Lie,
Est la paine es fins amans.

La répétition alternative des deux dernières syllabes d'un vers forme la mesure et la rime du suivant.

Les deux chansons suivantes sont d'un autre genre, et n'en ont ni moins d'esprit ni moins d'agrément :

Quant florist la violette,
La rose et la flour de glai,
Quant chante li papegai,
Lors mi poignent amorette,
Qui me tiennent gai.
Mès piecà (1) ne chantai ;
Or chanterai
Et ferai
Chanson joliette,

(1) Depuis long-temps.

Por l'amour de ma miette ;
Où grand pieçà (1) me donnai.

Ici le langage prête de la grâce aux idées ; là au contraire les idées en donnent au langage :

Prenez-y garde,
S'on me regarde ;
Dites-le moi,
Trop suis gaillarde,
Bien l'aperçoi.
Ne puis laissier que regard s'esparde,
Car tel me regarde,
Dont moult me tarde ;
Qu'il m'ait à soi.

Ce talent, facile d'enfermer sa pensée dans un petit nombre de vers qu'une musique vive et légère fait courir de bouche en bouche, fut, au treizième siècle, le partage du Noble et du Vilain. Le roi de Navarre, auparavant le comte de Champagne, si fameux par ses intrigues politiques, l'est également par ses chansons, et mérite sous ce double titre de figurer dans l'histoire des événemens et de la littérature de cette époque. La rencontre qu'il fit un jour d'une jeune fille qu'il pria d'amour, lui fournit le sujet d'une chanson dans laquelle il consigna, sans l'altérer, la réponse maligne qu'il en avait reçue.

---

(1) Depuis long-temps.

Sire, lui dit-elle, fuyez-vous de ci ;
N'ai core (1) de tel ami.
Que j'ai moult plus beau choisi.

Si Thibault mettait de l'ambition dans les desseins de sa politique, tant de bonne foi prouve au moins qu'en amour il ne mettait aucune vanité.

Quoiqu'il fût d'usage alors de joindre les plaisirs de la musique et du chant à ceux de la table, on ne voit point que le dieu du vin ait inspiré nos premiers poètes. L'amour seul fut toujours leur Apollon, et leurs couplets ne peignent guères que ses espérances ou ses regrets. C'est en cela sur-tout qu'ils se rapprochent des troubadours, et qu'ils semblent avoir pris plus particulièrement leur ton et leur manière. Des souvenirs, des plaintes, des leçons d'amour, des peintures de la saison nouvelle fournissent le sujet de toutes leurs chansons. Si cette monotonie déplaît à l'esprit qu'elle fatigue, elle est aussi dans les lettres une nouvelle preuve de cette vérité que le talent de varier un sujet, n'étant que l'attention de l'envisager sous toutes ses faces ; chez les peuples peu civilisés, l'emploi sans cesse répété d'un petit nombre d'idées simples et de sentimens naturels, constitue les

(1) Soin.

premiers élémens de l'art d'écrire ; comme il en atteste l'enfance.

La poésie fit cependant quelques progrès dans ce siècle. On a pu remarquer dans les chansons que nous avons citées, plus de nombre et d'harmonie, un tour plus poétique, et quoiqu'il tienne sans doute à l'obligation de varier le mètre suivant le caractère des différens airs, ainsi qu'à la nécessité de satisfaire l'oreille qui repousse des paroles fortement accentuées sur un chant doux et mélodieux, cependant on retrouve encore ces mêmes progrès de l'art dans des pièces qui n'ont rien de commun avec la musique. L'inversion qui donne au vers de l'élégance et de l'harmonie, commençait à être souvent employée. On l'a remarquée dans ces vers déjà cités :

Quant recommence et revient baux étés....
D'amour vient joie et honour en sement...
N'ai de chanter autre reson.....

En voici encore d'autres :

Dans le jugement de Salomon, pièce en strophes de quatre vers alexandrins chacune, on trouve celle-ci qui la commence :

Doctriner doit les autres cui Diex (1) science donne.

---

(1) Dieu.

Au tems que Salomon porta prime couronne,
Avint une aventure d'un Prince de Saisson,
Qu'on doit bien raconter ; car bel exemple donne.

Dans un fabliau intitulé le *Moine que Notre-Dame guérit de son lait*, on lit ces vers :

Si j'avois cent mille bouches,
Et cinq cents ans à vivre avoie,
Raconter mie ne pourrais
Les grands merveilles que tu fais.

Il serait aussi facile de multiplier ces exemples, qu'il serait difficile d'en rapporter quelques-uns de l'usage des épithètes chez nos anciens poètes. Ils l'ont à peu près complettement ignoré. On pense bien que nous n'entendons point ici par ce terme de l'art, ces mots de notre langue qui désignent certaines différences aussi réelles que frappantes des choses entre elles ; mais seulement ces expressions heureuses qui, grouppées autour du mot principal, en doublent l'effet, et l'enrichissent de nouveaux rapports aux yeux de l'imagination. Pour se servir avec avantage d'un pareil ornement, il faut un goût sûr, un tact exercé, et l'on a déjà vu qu'à l'exception du narel et de l'esprit, qualités qui n'en supposent pas la culture, on n'a rien de plus à demander aux trouvères.

VII. *Fables*.

Il ne faut point passer sous silence, un ouvrage dont le sujet et l'auteur réclament à la fois l'attention. On n'apprendra pas peut-être sans une sorte d'étonnement que Lafontaine eût dans ce siècle un prédécesseur, et que ce fût une femme : Marie de France, ainsi appelée, parce qu'elle y était née, mit en vers les fables d'Ésope et en ajouta plusieurs autres de sa composition.

Les cent deux fables, dont se compose son recueil, auquel elle a donné le nom d'Ysopet (1), sont toutes écrites dans cette mesure de huit syllabes, tellement commune parmi les poètes du moyen âge, que l'on croirait, si l'on n'avait la preuve du contraire, qu'ils n'en connaissaient pas d'autres. On sent déjà tout ce que cette uniformité dans le rhythme ôte à ces petits poëmes d'abandon et de liberté. Cependant il leur reste encore une sorte d'agrément dont il serait injuste de les dépouiller.

> Je ne dis rien que je n'appuye,
> De quelque exemple. . . . .

Un prêtre apprenait à lire à un loup. Assis devant lui sur ses pattes de derrière, l'œil fixé sur

(1) Manuscr. 7615, fol. 94, fabl. 80, alias 7991, où la version est un-peu différente.

le livre et l'air attentif, le loup l'écoute et répète après lui :

A dist li prestres, A dist li leu
Qui moult est contrarieu ;
B dist li prestres di à moi.
B dist li leu, la lettre voi.
C dist li prestres di avant,
C dist li leu. . . . . .

Jusques-là tout va bien ; l'écolier est docile et le maître content. Maintenant, dit-il à son élève, nomme le premier les lettres,

. . . . Or di par toi.
Li leu respond : je ne sai coi.
— Di que te semble, Si espele.
— Respond li leu, il dist agnel.

Ah! ah! s'écrie le prêtre, à cette parole je vois bien,

. . . . Que vérité te touche,
Tel au penser tel en la bouche.
De plus fors le voit-on souvent ;
Ce dont ils pensent durement,
Est par la bouche connu,
Ainçois que dentre soit teu.
La bouche monstre le penser,
Tout com celle de parler.

Il ne faut qu'être un peu familiarisé avec notre ancien langage pour sentir qu'il règne dans cette fable un ton de simplicité qui est un des principaux caractères du genre. L'auteur fut la seule femme de son siècle et des suivans qui s'exerça dans l'apologue. Aujourd'hui même encore où plusieurs d'entre elles se distinguent dans les lettres par des succès de plus d'un genre, aucune n'a tenté celui-là. Apparemment qu'avec un cœur tendre et une imagination vive, un sentiment est plutôt inspiré qu'une maxime, et qu'il est plus doux d'émouvoir que d'enseigner.

VIII. *Pastorales, jeux, miracles, moralités.*

De la représentation des mœurs des animaux, à celle de la vie humaine, ou en d'autres termes, de la fable à la comédie, la distance est moins grande qu'on ne pense, s'il est vrai, comme on n'en saurait douter, que l'apologue soit une espèce de drame, et le dialogue le premier pas dans l'art dramatique. Ce pas depuis long-temps avait été fait en France. Le Lai de Courtois, la Dispute du Croisé, que nous avons déjà cités ailleurs, et quelques autres poëmes encore, en fournissent la preuve; mais il y a loin d'une scène à une pièce entière, et d'un simple entretien à une intrigue conduite avec art. Ce n'est véritablement que dans les Pastorales, les jeux, les moralités composés dans le treizième siècle, par Adam de le Hale, Jean Bodel, Ruteboeuf et plusieurs autres, que l'on doit fixer l'époque des premiers efforts de la muse théâtrale en France. Il n'y aurait en effet que la plus aveugle prévention qui voudrait ne pas reconnaître dans ces compositions tout informes qu'elles sont, de véritables drames, où plusieurs personnages animés d'intérêts différens concourrent à la marche d'une action qui commence, se développe et se termine non pas suivant les règles auxquelles la raison et le goût l'ont soumise depuis, mais bien selon le caprice souvent bisarre de l'imagination du poëte.

Dans le *miracle de Théophile* (1), par exemple, le sénéchal d'un Evêque (c'est ce même Théophile), un magicien, le diable et la vierge sont les principaux acteurs. Privé par son évêque de l'emploi qu'il occupe auprès de lui, et qui faisait toute sa fortune, Théophile au désespoir renie Dieu, et se livre au diable qui lui promet, à certaines conditions, de le faire rentrer en faveur et lui tient parole. Avec sa place Théophile retrouve sa vertu, et pressé de remords, il va dans une chapelle consacrée à la vierge, abjurer son crime. Touché de son repentir, Marie obtient de Satan la restitution du billet qu'il a exigé de Théophile, et le lui rend. Le sénéchal court aussitôt instruire son évêque de ce qui vient de lui arriver; celui-ci monte en chaire, et le raconte au peuple, en lui montrant le billet. A la vue de ce témoignage de la protection

---

(1) Manuscr. 7218.

divine, la foule édifiée rend grâce à Dieu, et la pièce se termine par un *Te Deum*, après avoir commencé par une abjuration. Ce sont là des absurdités, on ne saurait le nier. Mais si l'on convient aussi que chez tous les peuples, sur des tréteaux dressés en public, des personnages bizarrement travestis, venant débiter aux spectateurs assemblés, un dialogue ridicule ou effronté, ont été les premiers acteurs, et leurs farces indécentes, les premières comédies, on ne doit pas hésiter à voir dans ces compositions ineptes l'origine des représentations théâtrales parmi nous.

Il nous en reste un assez grand nombre connus sous les noms de jeux de St.-Nicolas, du Pélerin, du Mariage, du Berger et de la Bergère, etc. Presque toujours le style dans ces ébauches informes est ridiculement niais ou platement grossier. Il n'est pas jusqu'à la mesure même des vers, cette éternelle mesure de quatre pieds, si peu favorable au dialogue, qui semble lutter de concert avec la pensée, pour dégoûter le lecteur le plus opiniâtre. Cependant il faut peut-être juger avec moins de sévérité le Jeu du berger et de la bergère (1), en faveur des mœurs simples et innocentes que cette pastorale nous met sous les yeux. Mais elle n'est

(1) Manuscr. 7604, à la fin du Roman de la rose.

point d'ailleurs au-dessus des autres productions de ce genre.

Marion ou Marotte, ouvre la scène par cette chanson dont le refrain en rappelle un autre à peu près semblable :

> Robin m'aime, Robin m'a;
> Robin m'a demandé, si m'aura.
> Robin m'acheta cotèle (1),
> D'escarlate bonne et belle,
> Souscanie et ceinturele,
> Robin m'aime, Robin m'a, etc.

Tandis qu'elle chante, arrive un chevalier qui lui parle d'amour. Il ne lui est pas difficile d'enrichir sur les dons du pauvre Robin ; mais la jeune bergère refuse ses offres :

> Jà pour ce, ne vous aimerai,

Lui répondit-elle,

> Bergeronnette suis, mais j'ai
> Ami bel et content et gai.
> — Bergière, Dieu vous envoie joie;
> Puisqu'ainsi est, j'irai ma voie,

lui dit à son tour le chevalier, et en effet il se retire. Robin arrive, Marion lui raconte ce qui vient de se passer. Il entre en fureur et s'emporte en menaces contre son rival. Celui-ci revient, renouvelle ses propositions à la ber-

(1) Jupe.

gère, et sous un prétexte assez frivole, il charge de coups Robin, et s'empare de Marion qu'il veut enlever de force. Mais elle jette des cris si perçans, qu'il est obligé de renoncer à son projet. Il se retire une seconde fois, et c'est pour ne plus revenir. Les amans restés seuls essuient leurs larmes; des bergers, leurs parens viennent se joindre à eux, et tous ensemble jouent sur l'herbe au jeu *du Roi*, etc. Il est possible que ce soit là la nature; mais ce n'est pas celle que l'art doit se garder d'embellir.

IX. *Romans*.

Nous avons vu commencer la poésie française, nous avons suivi ses progrès pendant trois siècles, et nous avons reconnu que, dès son origine, tout ce qui regarde le mécanisme des vers, était déjà trouvé, ainsi que les différentes espèces de poëmes, telles que nous les avons encore aujourd'hui. On connaissait dès-lors la pastorale ou l'idylle, la satyre, les stances, la chanson, la fable, le conte en vers, le poëme didactique; le lai, le virlai, la ballade, le rondeau, le triolet, furent inventés dans les siècles suivans et disparurent avec eux, ainsi que le sonnet, malgré l'arrêt fameux que le législateur du Parnasse français prononça en sa faveur, et qui semblait lui assurer une plus longue existence :

Un sonnet sans défaut vaut seul tout un poëme.

L'ode et le poëme épique manquent seuls à cette liste ; mais on peut, à la rigueur, considérer ce dernier comme remplacé par le poëme romanesque, ou roman en vers, dont nous n'avons point encore parlé, et dont il est temps de nous occuper.

Les Romans, cet agréable amusement des honnêtes paresseux, comme les appelait l'évêque d'Avranches, sont les ouvrages les plus marquans et les plus longs des siècles que nous venons de parcourir. Les troubadours, souvent nos maîtres en poésie, nous cèdent la place dans ce genre, auquel ils paraissent s'être peu livrés.

Cet art, pour ainsi dire magique, qui sait à l'aide d'une agréable fiction, s'emparer de l'esprit, le promener à son gré d'aventures en aventures, plus surprenantes les unes que les autres, le captiver sans cesse par l'attrait du merveilleux, ou l'intéresser par des émotions vives et variées, remonte aux Arabes, à ces Arabes que nous retrouvons toujours dès qu'il est question de conquêtes et de beaux arts. Ils le firent connaître à l'Espagne subjuguée par eux, d'où il se répandit ensuite par tout l'Europe. Un savant Anglais, dans un ouvrage qui honore à-la-fois la littérature et son pays (1), est d'un avis contraire. Il prétend que nous devons ces fables aux Normands, qui les auraient reçues eux-mêmes des Scandinaves, ou Danois, dont ils habitaient le pays, et voici comment il veut que ces derniers les aient connues. Remontant à des temps bien antérieurs, il prouve, l'histoire à la main, que les Danois reçurent anciennement parmi eux les Scythes (2), alliés de Mithridate, et fuyant après sa défaite, au travers des glaces du Nord, l'épée des vainqueurs et l'ascendant de Rome. Les Scythes, en mettant en sureté chez les Danois, leurs Dieux tutélaires et leur liberté, apportèrent dans leur nouvelle patrie, les mœurs, les lois, la religion de l'ancienne, et jusqu'aux fables de la mystérieuse Asie qu'ils abandonnaient. Ce fut des Danois que les Normands les apprirent ensuite, et à leur tour ils les transmirent à la France, quand ils vinrent s'y établir. Au reste, on voit que ces deux opinions en faveur des Arabes et des Normands, se réunissent à une source commune, en plaçant toutes les deux dans l'Orient, l'origine de ces fictions aimables qui font depuis six cents ans la gloire de l'Italie et l'amusement de l'Europe.

---

(1) Hist. de la poésie Anglaise, par M. Warton, 1775. Dissert. sur l'origine des romans en tête du 1er. vol. de cette hist.

(2) C'étaient les Ibériens et les Albaniens, habitans du pays appelé aujourd'hui la Géorgie.

(1) Cependant, rien ne présageait encore la célébrité qu'elles devaient avoir un jour, et pendant plusieurs siècles elles étaient demeurées ensevelies dans les annales obscures de quelques provinces, quand un moine Anglais, nommé Geffroy, Archidiacre de Monmouth, pour plaire à un savant ami qui l'en priait, traduisit du breton en latin, au douzième siècle, une très-ancienne histoire des rois de la Grande-Bretagne (2), depuis Brutus Ier. jusqu'à Cadwallader, ce dernier roi de l'Héptarchie, qui finit saintement à Rome une vie qu'il avait commencée sur un des trônes d'Angleterre. Geffroi, dans le dessein sans doute de rendre son ouvrage plus intéressant, crut devoir l'enrichir des prophéties de Merlin, devin célèbre dans ces temps reculés (3); alors parurent pour la première fois à la lumière, ce roi Artus et ses chevaliers de la table ronde, ainsi que ces magiciens, ces géans, ces dragons aîlés, toute cette

---

(1) Dans tout ce qui va suivre nous avons pris pour guide l'auteur de l'Hist. litt. d'Italie, dont les recherches savantes ne nous ont rien laissé de mieux à faire que de le suivre fidèlement. Quand un sujet a été traité d'une manière exacte et complette, il y aurait un scepticisme ridicule, ou un amour-propre excessif à prétendre vouloir mieux faire.

(2) Elle était intitulée Bruty-Brehined.

(3) Voici le titre de la chronique anglaise : Britanniœ-Utriusq. regum et principum origo, et gesta insignia, ab godfrido monemetensi, ex antiquissimis britanni sermonis monumentis, in latinum traducta. Paris, 1508.

féerie enfin, dont l'origine est si visiblement asiatique, et qui devenue féconde en Angleterre, y produisit bientôt les merveilleuses histoires de Tristan, de Lancelot, de Perceval, etc.

Si les bords de la Tamise s'énorgueillissaient de ces fameux héros, la Seine en avait sur ses rives d'aussi célèbres à leur opposer; leurs titres à la renommée n'étaient ni moins brillans, ni moins incontestables. Par un jeu singulier du hasard, ou plutôt par l'effet de circonstances qui nous sont restées inconnues, ainsi que le roi Artus, Charlemagne reçut en France, et à peu près dans le même temps, une seconde existence. Comme en Angleterre, il la tint aussi de l'imagination d'un moine; comme le monarque breton, le prince français parut dans cette nouvelle histoire environnée d'un nombre égal de Paladins; comme la chronique anglaise enfin, celle-ci fut de même écrite en latin, sans que l'on puisse dire lequel des deux auteurs a pu servir de modèle à l'autre, sans que l'on sache même le nom du second, quoique l'on soit aujourd'hui certain que son ouvrage connu sous le nom de Chronique de Turpin, n'a jamais été composé par l'archevêque de ce nom; nous manquons de renseignemens sur un fait qui nous intéresse, mais nous possédons en revanche tous ceux relatifs à la chronique anglaise, et sans doute c'est à ce titre que ces fabuleux récits jouirent d'abord parmi nous d'une faveur que ceux du faux Turpin n'obtinrent que long-temps après (1). Cependant les exploits de Charlemagne et de ses preux, armés pour repousser les Sarrasins, la terreur et le fléau de l'Europe (2), sont plus intéressans, et devaient plus flatter l'orgueil national que ceux du roi Artus et de ses chevaliers, occupés à la recherche du saint graal, espèce de vase d'argent dans lequel avait été recueilli le sang de J. C. (3) ; mais ces dernières fables avaient le grand mérite d'être étrangères. Elles eurent dès-lors plus de vogue en France, du moment surtout où elles fixèrent l'attention d'un souverain.

En effet, un prince destiné à occuper le trône d'Angleterre, mais élevé dans une des plus belles provinces de France, Henri II, fils de l'impératrice Mathilde et duc de Normandie, voulut qu'on traduisît pour lui en langue romane ces histoires chimériques des chevaliers de la table ronde, qu'il avait déjà eu occasion de lire en latin. Plusieurs écrivains parmi lesquels on cite Luc du Gard, Gautier-Map, Gasse-le-Blond, Rusticien de Pise, entreprirent

(1) Environ un siècle après.

(2) La chronique de Turpin contient la dernière expédition de Charlemagne en Espagne, la défaite de son arrière-garde à Roncevaux, la mort de Roland, etc.

(3) Voy. Le saint Graal, roman par Robert de Borron.

en commun ce travail long et pénible. À peine l'avaient-ils terminé, que Chrestien de Troyes, poète français (1), s'occupa de rimer leur ouvrage. Bientôt, sous sa plume féconde, quelques épisodes de la vie du roi Artus, et de ses preux, se développèrent, se grossirent d'aventures nombreuses autant qu'extraordinaires, et devinrent à leur tour de nouveaux et volumineux recueils des *hauts faits de Perceval le Gallois*, de *Lancelot de la Charette*, de *Tristan le Léonnais*, etc., et d'autres héros bretons. Ce fut alors que ces poëmes reçurent le nom de *romans*, du nom de la langue dans laquelle ils étaient écrits (2). Mais avant Chrestien de Troyes, d'autres avaient amusé leurs lecteurs du récit plus ou moins attachant d'histoires inventées à plaisir, et c'est ici que se présente d'elle-même cette question si naturelle à faire, et si difficile à résoudre : En quel temps les romans parurent-ils en France ? En n'entendant par ce mot qu'une suite d'aventures

---

(1) Il vivait au douzième siècle.

(2) Ou mieux encore, de la coutume établie alors en Provence parmi les familles nobles d'avoir une espèce de registre sur lequel on inscrivait avec soin les faits d'armes, les voyages à la Terre-Sainte, etc., de chaque membre de la famille. Ce registre était appelé roman : il paraît naturel dès-lors que l'on ait donné le même nom à ces poëmes qui rapportaient tout au long les exploits, les voyages, et jusqu'à la naissance du héros qu'ils célébraient. tom. 6, n°. 19, de l'Hist. litt. de France.

extraordinaires

extraordinaires dont un ou plusieurs personnages sont les héros.

Au milieu des différentes opinions qui placent la chronique de Turpin, les unes au neuvième (1), les autres au dixième (2), et au onzième siècle (3), celle qui la regarde comme écrite au douzième, après la première croisade, paraît aujourd'hui l'emporter sur les autres (4). Un des plus forts motifs qui engagent à lui assigner cette date, est tiré de l'ouvrage lui-même. Il y est fait mention d'un pélerinage de Charlemagne au saint sépulcre (5), et l'on y décrit des armes et des machines de guerre qui ne furent connues en Europe qu'après ces expéditions lointaines (6). On ne peut guères décrire ce que l'on n'a point vu, et cette raison paraît décisive. Cependant en 1160, un archevêque (7) écrivait du fond de l'Espagne,

(1) Papyre-Masson veut qu'elle ait été composée sous Charles-le-Chauve.

(2) M. de Marca.

(3) M. de Caylus, Mém. de l'Académ. des belles-lettres, tom. 20, pense qu'elle a été écrite par un moine nommé Robert, pendant le concile de Clermont, en 1096. Voltaire la regarde aussi comme étant du onzième siècle.

(4) Oienhaart, notic. Utrinsq. Vasconia, Fleury, disc. 5, l'auteur de l'Hist. littér. d'Italie, la rapportent au douzième siècle.

(5) Cap. 20 de persona et fortitudine Caroli.

(6) Cap. 9, de Urbe Agenni.

(7) Julien, archevêque de Tolède.

que l'on conservait à Saint-Denis, comme un précieux monument d'antiquité, un exemplaire de cette chronique, et quarante ans auparavant, (en 1122,) un pape (1) la déclarait une histoire authentique. L'archevêque était-il mal informé, ou le pontife scrupuleux? Que d'obscurité, d'incertitudes, dans l'histoire des livres comme dans celle des hommes!

Si nous remontons plus haut, nous retrouvons Charlemagne et son neveu Roland occupant déjà les veilles de nos poëtes. On connaît le voyage de ce prince à Constantinople, roman écrit en grands vers, au onzième siècle, et l'on sait qu'à la bataille d'Hastings, Taillefer, le jongleur de Guillaume, entonna la chanson de Roland, si fameuse alors, et qui s'est perdue depuis (2). Nous avons également en latin les romans d'*Ogier le danois*, d'*Alexandre*, d'*Amis et Amillon*, qui donnèrent occasion aussi bien que ceux de la table ronde, écrits dans la même langue, à un savant académicien (3), de soutenir que ces sortes d'ouvrages avaient d'abord été composés en latin. Au reste il en fait remonter l'origine parmi nous au onzième

---

(1) Callixte II.

(2) Cette bataille fut livrée en 1066.

(3) M. Falconnet, Mém. de l'Académ. des belles-lettres, tom. 7, pag. 293.

siècle, d'acord en cela avec François le Maire qui la rapporte à la même époque.

Sept cents ans d'existence composent une antiquité assez respectable pour que l'on soit tenté d'adopter l'opinion qui l'établit. Mais que répondre alors aux auteurs de l'Histoire littéraire de la France (1), qui découvrent dans le siècle précédent une histoire écrite en roman provençal, dont l'auteur appelé Philumena, (ce nom est resté à son ouvrage,) met également sur la scène le monarque français, et lui fait accomplir, sous les murs de Narbonne, une foule de brillans exploits. Si ce roman, écrit en vers, était en effet d'une date aussi ancienne, cela prouverait, contre le sentiment de plusieurs écrivains, que Charlemagne aurait été pris pour le héros de toutes ces fables, bien long-temps avant la chronique de Turpin, et que les provençaux en seraient parmi nous les premiers auteurs.

Mais il s'en faut de beaucoup que le Philumena remonte aussi haut : la lecture attentive de ce poëme y fait découvrir des preuves évidentes d'une composition plus récente ; et la mention seule de besans qu'on y trouve, mon-

(1) Tome 7, onzième siècle.

naie qui ne fut connue qu'après les croisades, suffirait seule pour le faire regarder comme postérieur à la chronique de Turpin et aux autres romans de cette époque.

Au reste, ceux du roi Artus et des chevaliers de la table ronde, jouissaient déjà en France d'une grande célébrité, quand Michel de Harnes et Guillaume de Brianes, essayèrent de tirer de l'oubli dans lequel ils étaient restés, les paladins de Charles et ce prince lui-même, en traduisant en français cette chronique, où depuis un siècle leurs vaillantes prouesses, racontées dans une langue qui de jour en jour devenait moins commune, étaient restées ignorées. A peine cette nouvelle source de merveilleux fut-elle découverte, qu'on s'empressa d'y chercher des aventures et des héros moins connus. Ainsi, les romans latins d'abord, puis traduits en prose romane, et enfin mis en vers dans cette même langue, amusèrent sous cette triple forme, la crédule oisiveté de nos bons aïeux, et rien ne prouve aujourd'hui qu'à cet égard nous ayons dégénéré.

L'imagination de nos anciens poètes en produisit une étonnante quantité, que l'on a coutume, pour y mettre quelqu'ordre, de distinguer en romans anglais, ou de la table ronde, en romans français ou des douze pairs, et en romans des Amadis, qui leur succédèrent.]

On regarde comme les meilleurs parmi les premiers, ceux de *Tristan*, de *Lancelot du Lac*, de *Lancelot de la Charrette*, qui en est la suite, de *Perceval*; *Artus de Bretagne*, *Perce-Forêt*, *Giron le Courtois*, viennent ensuite. *Romans de la table ronde.*

Parmi les romans de Charlemagne et de ses douze pairs, on place celui de *Roland ou de Roncevaux*, *Huon de Bordeaux*, *Ogier le Danois*, *Renaud de Montauban*; on peut encore ajouter à ces noms fameux dans l'Histoire de la chevalerie, les *quatre fils Aimon*, *Doon et Garnier de Nanteuil*, par Gille-le-Viniers; *Maugis d'Aigremont*, *Bertin au bois*, *Gerard de Roussillon*, *Bienon de Caumarchis*, *Garin de Montglaive*, etc., etc. *Romans de Charlemagne.*

Enfin, pour ne rien oublier de cette partie de notre ancienne littérature, nous citerons encore plusieurs romans dont les principaux personnages, pris dans l'histoire, ne furent rien moins que des chevaliers, tels que celui du *Rou*, ou de *Rollon*, dont nous avons déjà parlé; *Judas Machabée*, par Gautier de Belle-Perche; *Josaphat*, par Guy de Cambray; le roman d'*Alexandre*, ouvrage de neuf poètes (1), qui y travaillèrent en commun, et divisé en trois branches distinguée chacune par un nom particulier (2), et quelques autres encore, dont le sujet comme les héros sont entièrement fabuleux ou allégoriques. On peut ranger parmi ces derniers : *Parthenopes de Blois*, *Garin de Loraine*, *Blancheflore*, *Erès et Enide*, *Cléomadès*, etc., etc. ; enfin, le roman du *Renard*, et le *Dolopathos*, auquel nous reviendrons après avoir dit quelques mots du précédent.

Ce roman du Renard (3) est divisé en vingt-cinq parties ou *branches*, selon l'expression d'alors. La première fut écrite par Pierre de Saint-Cloost, ou Saint-Cloud. Les autres sont l'ouvrage de Giélée de Lille et de différens poètes, qui tous se sont proposés de signaler sous le nom du renard, le plus rusé des animaux, les intrigues d'un certain favori de Zuentibold, roi d'Austrasie au neuvième siècle,

---

(1) Lambert le Court, Alexandre de Bernay, Pierre de St.-Cloud, Jean le Nivelois, Jean de Motelec, Jean Brizebarre, Guy de Cambray, Thomas de Kent, Jacques de Longuyon.

(2) La vengeance d'Alexandre, par Pierre de St.-Cloud, et son testament par Jean le Nivelois. On a voulu que les vers alexandrins aient pris leur nom de ce roman. Il est en effet écrit en vers de six pieds; mais une portion du Rou est également composée dans ce mètre, ce qui en prouve l'emploi long-temps avant l'Alexandre.

(3) Manuscr. 7607 et 2733.

dont le funeste crédit arma contre sa patrie les Allemands et les Français, et causa la ruine de son maître.

Parmi les différentes scènes auxquelles les fourberies du renard donnent lieu, il en est quelques-unes où la critique des mœurs est amenée d'une manière vive et naturelle, mérite rare en tous temps. Telle est celle-ci :

Le renard a violé la femme du loup. Celui-ci va porter sa plainte au lion et lui demander justice. Le roi des animaux lui conseille de ne pas pousser plus loin une affaire dont il ne peut résulter pour lui que de la honte et du chagrin : le loup ne goûte point un conseil si sage, il crie, il s'emporte. Ah ! mon dieu, dit le lion, je n'ai jamais vu tant de bruit pour si peu de chose. Eh ! mon ami, il en arrive tous les jours autant aux comtes et aux rois ; cependant il se taisent, et c'est ce qu'ils peuvent faire de mieux.

Cependant, le renard comble la mesure, et ses crimes accumulés demandent vengeance. Le lion assemble ses barons pour le juger, et il est cité devant le tribunal. Le renard consterné pense d'abord à se faire moine à Cluny ou à Citeaux, pour se dérober au châtiment; mais, venant ensuite à réfléchir qu'il n'y a déjà que trop de mauvais moines, il prend son parti, se confesse, et part pour se rendre à la cour.

Observons que dans ce roman, le loup s'appelle Ysengrin, l'ours dom Brun, etc., et que Lafontaine pourrait bien avoir puisé là l'idée des surnoms qu'il a donnés à tous ses animaux. Revenons au Dolopathos.

Le *Dolopathos*, ou le roman des sept sages (1), la plus célèbre peut-être de toutes ces fictions qui l'étaient beaucoup, et qui, successivement traduit de l'original hébreu (2), en syriaque (Huet dit avoir vu cette dernière version) en grec, en latin, et enfin en romane, sous ces langages différens, promena chez autant de peuples, l'intérêt de sa fable, et captiva sous sa tente l'attention de l'arabe, ami des contes, comme en France, il charma dans son château les loisirs d'un preux chevalier, et de sa noble famille.

Quand on ignorerait dans quel pays ce roman a pris naissance, le choix du sujet le ferait assez connaître. Un jeune prince, sur la fausse accusation de sa belle-mère, est condamné à mort par son père. Sept sages qui forment le conseil du Roi, persuadés de l'inno-

---

(1) Manuscr. de la bibl. royale, 7535—7849.

(2) Voyez, à ce sujet, un Mém. de M. Dacier, inséré dans ceux de l'Académie des belles-lettres, tom. 41.

çence de son fils, entreprennent de le sauver. Chacun, à des jours différens, raconte au monarque irrité une histoire, dont le but est de lui prouver qu'il ne faut pas se laisser entraîner par un premier mouvement de colère. Mais l'effet de ces fables est aussitôt détruit par d'autres que la reine oppose à celles des sages ministres, et qui triompherait de l'irrésolution du roi, si le lendemain un nouveau récit ne lui rendait l'incertitude de la veille. Enfin le septième jour, l'innocence du prince est reconnue, et son accusatrice est punie. Heureux les pays, où le pouvoir des fables arrête le courroux des monarques. Cette fiction, entièrement dans le goût oriental, rappelle ces récits nocturnes qui protégèrent la vie de la belle Schéréhazade contre le ressentiment de son époux.

Tous ces romans de chevalerie, dont nous nous sommes contentés de rapporter seulement les titres, et nous aurions pu facilement en ajouter beaucoup d'autres, écrits en vers de douze, de dix, et sur-tout de huit syllabes, partagés en chapitres très-courts, mais dont la réunion compose, comme nous l'avons déjà dit, une suite de vingt à trente mille vers, racontent à quelques différences près, les mêmes aventures. Il suffit d'en lire un pour les connaître tous. Ce sont toujours d'horribles géans vaincus, tués, des armées défaites par le bras d'un seul homme, d'épouvantables enchantemens mis à fin ; toute cette féerie, enfin, si bien accommodée à notre goût pour le merveilleux, tous ces efforts d'une valeur surnaturelle, mais qui semblaient devenus possibles depuis les prodiges des croisades. Ne retrouvait-on pas en effet dans ces romans, ce qui se passait tous les jours dans la Palestine? Ces traits, au-dessus d'un courage de l'humain, n'avaient-ils pas leurs pareils dans ceux d'un Godefroi de Bouillon, fendant de sa redoutable épée les cavaliers jusqu'à la ceinture ; d'un Guillaume de Melun, abattant avec sa hache tout ce qui s'offrait à ses coups ; d'un Hugues-le-Grand, perçant avec sa lance plusieurs ennemis à-la-fois ; d'un Saint-Louis enfin, se dégageant du milieu de six Sarrasins qui l'entouraient, après les avoir tués tous.

Et si l'esprit, fatigué de ces grands coups d'épée, de ces terribles combats, demande de plus riantes images et de plus doux mensonges, quoi de plus agréable que ces fraîches et brillantes descriptions, d'îles, de jardins, de palais, enchantés ; de plus séduisant que les voluptueuses peintures de leurs mystérieuses habitantes? Et comme ils sont intéressans ces tendres entretiens des chevaliers et de leurs dames, souvent troublés par des aventures si malencontreuses! Comme ils attachent ces tableaux tour à tour gracieux ou terribles, mais toujours si vrais, si animés, où l'honneur, la gloire, l'amour et l'amitié, ces douces joies du cœur, déploient tous leurs charmes, toutes leurs séductions, et subjuguent au gré de l'inépuisable talent du poète, tous nos sens, toutes nos facultés ! Voilà ce qu'on fait nos romanciers, ou plutôt, et c'est les rassembler tous en un seul, voilà ce qu'a fait l'Arioste, qui s'est emparé de leurs personnages, de leurs inventions, pour les reproduire dans ses vers enchanteurs, génie non moins inimitable alors, que la charmante bonhomie de cet autre conteur du grand siècle, quand il rajeunissait dans les siens les grâces naïves d'un ancien fabliau.

Elles intéressaient du moins ces nobles fictions qui peignaient les triomphes de la valeur et quelquefois aussi sa touchante infortune. Qui n'est pas ému au récit de la mort de ce vaillant comte d'Anjou, de ce Roland, si indignement trahi à la journée de Roncevaux? Ce héros, après avoir repoussé deux fois les efforts de deux armées sarrasines, prodiges inouis d'une valeur qui n'a servi qu'à sa gloire, sans lui donner le succès, épuisé de fatigue et de soif, arrive au bord d'une fontaine. Là son cheval expire de lassitude à sa vue. La mort de ce fidèle compagnon de ses travaux, semble avertir le paladin de la sienne. Renaud, Turpin, Richardet sont debout auprès de lui. Roland, après avoir, en leur présence, déposé dans le sein du bon archevêque, jusqu'aux plus secrettes pensées de son cœur, et ce pieux défenseur de la foi, n'en connut jamais dont il eut à rougir, adresse au ciel une courte et simple prière. Alors il se lève, son visage, son regard paraissent animés d'une expression surnaturelle. Il enfonce dans la terre la pointe de sa redoutable épée, de cette *durandal* qu'il a vainement essayé de briser contre les rochers, et qui les faisait voler en éclats, sans pouvoir être rompue. Il en embrasse la poignée faite en forme de croix, il la presse contre sa poitrine, et les yeux levés au ciel, il expire (1).

Répétons avec l'auteur à qui nous empruntons ce tableau (2), que cela est beau, est pathétique dans tous les temps, dans tous les pays. Disons encore qu'il est difficile d'unir plus de grâce à plus de sentiment dans cette emblême ingénieux qui termine le roman de Tristan. Ce héros fidèle est mort de douleur sur un faux récit du trépas d'Yseult. Yseult ellemême est expirée à la vue de son amant à qui sa tendresse pour elle a coûté la vie. On n'a

(1) Dans la chronique de Turpin, cette mort est racontée avec quelques circonstances différentes. Ce n'est pas auprès d'une fontaine, mais aupied d'un arbre que la scène se passe, Roland adresse ses adieux à son épée. Turpin, au lieu d'être présent, est avec Charlemagne. C'est Théodoric et Beaudouin qui assistent à la mort de Roland.

(2) Ginguené, Hist. litt. d'Italie.

point réuni leurs cendres; mais du moins on a rapproché leurs tombeaux sous une même chapelle. Bientôt on voit sortir de celui de Tristan une branche de verdure, qui croît, s'élève, s'incline vers la tombe d'Yseult, où elle pénètre lentement, et trois fois arrachée, trois fois renaît plus belle.

Qu'il y a loin de ces fables aimables à ces rêves ennuyeux, où les vices, les vertus, les passions, les sentimens, tout est personnifié, tout reçoit de la bisarre imagination du poète la forme, la pensée, mais surtout la parole, et pour quel usage encore! On conçoit bien, en y réfléchissant, quelle sorte d'attraits pouvait avoir aux yeux d'un siècle encore à demi-barbare, et livré tout entier aux disputes de l'Ecole, ces éternelles dissertations sur l'histoire, la fable, la théologie, la métaphysique qui composent presque à elles seules le *Roman de la rose*, le plus fameux de tous ceux de cette époque; mais comment expliquer la réputation qu'il a long-temps encore conservée dans les temps modernes, éclairés par les progrès de la raison et du goût? Quel si vif intérêt pouvaient donc trouver le cœur et l'esprit dans l'insipide recueil de tant de sermons que l'on était apparemment convenu d'admirer sur parole, car il est difficile de croire que la patience la plus résignée soit parvenue, sans un motif d'intérêt particulier, à lire jusqu'au bout ce que la curiosité avait souvent acheté fort cher. Aujourd'hui que cette espèce d'enthousiasme n'existe plus, c'est le cas d'appliquer à l'ouvrage qui en fut l'objet, et dans toute la rigueur de son expression, le jugement d'un célèbre critique (1), qui ne trouvait dans nos anciens poètes que quelques traits de naturel, noyés dans un mélange de verbiage et de galimathias : comme il convient aussi d'en justifier la sévérité, par l'analyse exacte de ce roman, analyse qui n'a pas encore été faite, et qui montrera ce que l'on doit penser de son mérite et de sa vogue prodigieuse dans l'Europe. Ce n'est pas un des moindres plaisirs des générations existantes que de connaître à quoi celles qui les ont précédées accordaient leur admiration, et par un secret retour sur elles-mêmes, qui n'est qu'une jouissance de plus pour l'amour propre, maintenant que cette admiration a cessé, de se rendre compte de l'erreur, après avoir su s'en garantir.

Ce roman que commenta Marot, et qui fournit quelques pages à Regnier, est l'ouvrage de deux poètes, dont l'un, Guillaume de Lorris, le commença vers la fin du treizième siècle, et mourut sans le finir ; et l'autre, Jean de Meun,

(1) Laharpe.

dit Clopinel, le continua quarante ans après, et le mit en état de paraître tel que nous l'avons aujourd'hui. Les erreurs, les dangers, les tourmens de l'amour en sont le sujet; et ce dieu lui-même, ainsi que sa mère, la Haine, la Jalousie, la Raison, la Nature, Bel-Accueil, Faux-Semblant, Franchise, Danger, etc, en sont les acteurs. Voici maintenant comment Lorris les met en jeu, et comment il a bâti la fable de son roman, qu'il n'a entrepris, dit-il, que pour plaire à sa dame, dame de très-haut prix, mais à laquelle ce singulier hommage de sa poétique flamme donnait bien le droit de répondre comme cette jeune bergère,

N'avait-il donc rien de mieux à me dire?

L'auteur suppose qu'il s'est endormi pendant une belle nuit du mois de mai, ce qui amène une description du printems en quarante vers, qui n'a rien que d'ordinaire, mais qui finit par ceux-ci dont la pensée est agréable, et sur-tout n'était pas alors un lieu commun :

Moult a dur cœur, qui en mai n'ame,
Quand il oit chanter sur la rame,
Aux oiseaux les sons gracieux;
En ce doux temps délicieux,
Où toutes riens d'aimer s'ejoie.

Pendant son sommeil, il voit en songe un verger qu'entoure une haute muraille, sur laquelle sont représentées la haine, la pauvreté, l'avarice, la tristesse, l'envie, l'hypocrisie, etc.; sous les traits différens qui les caractérisent; et il faut convenir que le poète n'a pas été mal inspiré dans le choix ainsi que dans l'application qu'il en fait, bien que tous ne lui appartiennent pas en propre. Ainsi, par exemple, quand il peint la tristesse couverte d'une robe

. . . . . En maint lieu déchirée,
. . . .
Qui pleurait moult tendrement.

on reconnaît l'imitation de ce vers de Claudien,

. . . Scisso mœrens velamine luctus.

Dans sa description de l'envie,

. . . Qui ne rit oncques en sa vie,
Et qui ne regarde nyant (1)
Fons de travers en lorgnoïant, etc.

Ovide lui a également fourni plusieurs idées; mais celle de l'hypocrisie, ou papelardise, comme on l'appelait alors, est à lui. Le poète nous la montre ayant

. . . un vis (2) pâle et piteux.
En sa main un pseautier tenait,
Et sachez que moult se penait,
De faire à Dieu prières feintes,
Et d'appeler saints et saintes.

---

(1) Rien.
(2) Visage.

Le caractère de l'Avarice est aussi bien indiqué dans ces vers :

En sa main elle tenait
Une bourse qu'elle reponnait (1),
Et la nouait si fermement,
Que moult demeurât longuement
Avant que l'on en pût rien traire.

Celui de la Vieillesse laisse beaucoup à desirer; mais cette description du temps peut encore aujourd'hui passer pour très-bonne, en ayant toujours l'attention de séparer des pensées les expressions employées pour les rendre, et n'oubliant pas que ce langage qui n'est plus le nôtre était celui d'alors.

Le temps qui s'en va nuit et jour,
Sans repos prendre et sans séjour,
Et qui de nous se part et emble (2),
Si céelement (3) qu'il nous semble
Qu'il ne soit adès (4) en un point,
Et il ne s'y arrête point;
Anis ne fine (5) de trépasser,
Si que l'on ne pourrait penser,
Le quel temps c'est qui est présent;
Car ainçois (6) qui eut ce pensés,
Serait-il jà outre-passés.

---

(1) Cachait.
(2) Promptement.
(3) S'envole.
(4) Présent.
(5) Cesse.
(6) En même temps.

Le moment où je parle est déjà loin de moi,

a dit Boileau : c'est la traduction de ces derniers vers, comme les premiers rappellent ceux de notre grand lyrique :

Ce vieillard qui d'un vol agile,
Fuit, sans jamais être arrêté;
Le temps, cette image mobile,
De l'immobile éternité. . . . .

C'est la même pensée exprimée avec toute la différence qu'il y a du talent au génie, et d'un idiome encore imparfait à une langue perfectionnée.

Le poète, ou plutôt l'amant, car il s'est fait, sous ce nom, le héros de son roman, erre long-temps autour des murs du verger sans pouvoir y pénétrer. Enfin, il apperçoit une porte et frappe. Une dame richement parée vient ouvrir. C'est l'Oisiveté qui tient un miroir à la main. Elle lui apprend que Déduit, avec toute sa cour, habite le verger, et lui permet d'y entrer. A peine a-t-il fait quelques pas que tout ce qu'il voit, tout ce qu'il entend charme son oreille et ses yeux. Les ormes, les cèdres, les sapins réunis en bois touffus ornent ce séjour. Sous leur couvert épais, les fauvettes unissent leur doux ramage à la voix des rossignols, et du haut de l'arbre qu'elle habite avec son bien aimé, la tourterelle mêle par intervalle, à leurs concerts, ses tendres roucoulemens.

Au pied de ces bois épais, des tapis de gazons, étalent leur riante verdure, qu'anime encore l'éclat des fleurs. Des grouppes d'amans épars çà et là dansent au son des instrumens, ou folâtrent sur l'herbe tendre. L'Amour, un arc d'or à la main, préside et sourit à leurs jeux; d'autres, assis à l'écart, célèbrent en chantant leur bonheur; quelques-uns, plus heureux, le goûtent à l'ombre des bosquets, avec celles dont ils sont épris :

> Il n'est nul moindre paradis,
> Qu'avoir sa mie à son devis.

Tout enfin, dans ces beaux lieux, reconnaît l'amour et l'inspire; et l'onde même qui les arrose, en égarant son cours dans la prairie, semble murmurer des lais d'amour.

L'amant enchanté continue à parcourir le verger. Il arrive au bord d'une fontaine. L'inscription qui la décore lui apprend que c'est celle où Narcisse perdit la vie. Ici le poëte interrompt tout-à-coup sa fable pour raconter celle de l'infortuné fils de Lyriope. C'était assez de l'inscription, c'est trop de l'histoire, après laquelle l'action continue.

Non loin de la fontaine, l'amant aperçoit un buisson de roses; il s'approche pour mieux

9*

jouir de leur parfum. Bientôt un seul bouton attire ses regards et devient l'objet de ses plus vifs desirs. Tandis qu'il le comtemple avec ravissement, l'Amour, qui le guettait, caché sous un figuier, lui lance une de ses flèches, puis une seconde, une troisième, enfin il épuise sur lui son carquois. Cette allégorie est claire; ces idées sont aimables et alors elles étaient nouvelles. Mais quand on apprend que chacune de ces flèches a un nom particulier, que l'une s'appelle Beauté, l'autre Simplesse, une autre Courtoisie; quand on voit l'Amour déclarer à l'amant qu'il résiste envain, que rien ne peut le soustraire à sa puissance; quand on le voit sur-tout lui fermer le cœur avec une petite clef,

> . . . . de telle guise,
> Qu'il n'entama point la chemise,

on regrette que tant de mauvais goût dépare une fiction gracieuse.

Après avoir prescrit à l'amant l'observation fidèle de ses commandemens, qui sont loyauté, constance, générosité, franchise, modestie, l'Amour le quitte; mais en partant il lui laisse, pour soulager son martyre, l'espérance, et trois autres dons encore : le *doux penser* qui rappelle un tendre aveu, le *doux parler*, qui fait qu'on s'en entretient avec un ami; le *doux regarder*; car les yeux

Incontinent au cœur envoient,
Nouvelles de tout ce qu'ils voient.

Alors Bel-Accueil, fils de Courtoisie, paraît; il offre à l'amant de le conduire auprès du bouton chéri. Mais à peine il en approche, que Danger, chargé de la garde des roses, le repousse et le chasse du verger.

L'amant est au désespoir. La Raison qui vient le trouver, essaie en vain de le ramener à elle. Il rejette ses avis, et va conter sa peine à un ami, qui l'engage à retourner vers Danger et à l'intéresser en sa faveur. Ce conseil est mieux reçu que tous ceux de la Raison. L'amant revient en effet supplier Danger. Ce redoutable gardien se laisse apaiser, et lui permet de se promener dans le jardin, pourvu qu'il n'approche pas du rosier. L'amant s'y engage; mais à peine il revoit le bouton qu'il oublie sa promesse, et dans l'excès de son délire, il ose lui donner un baiser, du consentement de Bel-Accueil. Mais Male-Bouche l'a vu. Il se hâte d'aller en instruire la Jalousie. Celle-ci accourt en fureur, réprimande vivement Danger, et pour qu'un semblable attentat ne se renouvelle plus, elle fait entourer le buisson de roses d'un fossé profond, et renferme Bel-Accueil, cause de tout le mal, dans une tour élevée.

Ici finit ce qui appartient à Guillaume de

Lorris (1). Le reste est de l'invention de Jean de Meun, homme très-savant pour son temps, mais fort peu poète. Aussi commencent avec lui les dissertations à perte de vue, les raisonnemens en forme, les citations à tout propos, toute cette science ridicule, toute cette métaphysique obscure de l'Ecole, qui allonge jusqu'à plus de vingt deux mille vers, ce poëme devenu sous la plume du continuateur, le plus plat comme le plus ennuyeux de tous les poëmes. Il faut en faire juge le lecteur lui-même.

La Raison vient une seconde fois trouver l'amant, et fait de nouveaux efforts pour l'arracher au pouvoir de l'Amour. Il est d'autres penchans qu'elle approuve, et auxquels il peut se livrer sans danger; et aussitôt, elle en fait le détail. Ce sont l'amour de Dieu d'abord, puis l'amour de la justice, l'amour paternel, enfin l'amitié; elle cite à ce sujet Pythagore, Cicéron, Boëce, l'Écriture ; enfin, voyant que tous ses discours ne sauraient persuader l'amant, elle finit par s'offrir à lui pour être sa dame, et lui promet, s'il veut l'aimer, rang, fortune, honneurs, dignités. Hé bien ! lui dit-elle :

> Le Dieu qui te fait falloyer (1),
> Sait-il ses gens si bien payer ?

---

(1) Au vers 4150, édit. de Langlet-Dufresnoi, Paris, 1735.

(2) Faire des folies.

L'amant, tenté par de si magnifiques promesses, commence à être ébranlé; il prête l'oreille aux propositions de la Raison. Celle-ci lui apprend alors comment elle veut qu'on la serve :

A Socrate seras semblable,
Qui tant fut ferme et stable,
Joie n'eût, ne prospérité,
Ne tristesse, ne adversité,
Tout mettait en une balance,
Bonne aventure et mécheance,
Et les fesoit égal peser.

C'est ainsi qu'il deviendra, quand il aura fait d'elle son unique amie. Elle le rendra insensible à tous les revers de la fortune, dont elle décrit la demeure (nous reviendrons plus bas sur cette description), et pour lui montrer combien sont à craindre, même dans les rangs les plus élevés, les caprices de l'aveugle déesse, elle raconte de suite la mort de Sénèque, celle de Néron, celle de Crésus, ce roi de Lydie, qui passa du trône au bucher. Enfin elle se tait, plus épuisée sans doute de fatigue que de science, car elle a débité au-delà de trois mille vers.

Le pauvre amant que ce long sermon a bien corrigé d'un moment de faiblesse, ne veut plus de la Raison pour sa dame, et en vérité, on ne saurait lui en vouloir. Il reste fidèle à l'Amour et va retrouver l'ami dont les conseils lui ont déjà été si utiles. Sa patience n'est pas mise par lui à une moins rude épreuve. Cet ami débite à l'amant une satyre amère sur les femmes. Mais s'il ne les aime pas, au moins comme la Raison, il aime beaucoup les histoires, et il faut que l'amant essuie celles de Lucrèce, de Dalila, de Déjanire, d'Héloïse, puis des digressions sans fin sur l'état de nature, sur les premiers rois que les hommes se donnèrent, sur les richesses, sur le mariage dont il fait une horrible peinture, etc., etc. Quand il a épuisé sa bile, il revient aux intérêts de l'amant, et lui conseille de corrompre les gardiens du verger. Mais sur-tout, lui dit-il, quand vous posséderez celle qui vous est chère, n'oubliez pas de la flatter sans cesse; c'est le moyen le plus sûr de lui plaire :

Il n'est femme tant soit bonne,
Vieille ou jeune, mondaine ou nonne,
Ne si religieuse dame;
Tant soit chaste de corps et d'ame,
Si l'on va sa beauté louant,
Qui ne se délecte en l'oyant.
Combien qu'elle soit laide clamée (1),
Jure que plus belle est que fée.

Cet homme assurément n'aime pas le beau sexe;

Aussi est-ce dans sa bouche que Jean de Meun a mis ces vers tant de fois cités depuis, et qui

---

(1) Regardée comme laide.

faillirent attirer sur lui la vengeance des dames de la cour (1).

Cependant l'Amour, pour récompenser l'amant de sa constance, lui promet qu'il aura la rose. En même temps il fait venir son armée pour assiéger la tour qui renferme Bel-Accueil. Cette armée est composée de Courtoisie, de Jeunesse, de Santé, de Simplesse, de Patience, etc. L'Amour les harangue, ils promettent la victoire; mais ils demandent le pardon de Faux-Semblant. L'Amour y consent et le fait roi des Ribauds. Alors celui-ci, pour faire preuve de son zèle, se déguise en pélerin; et, suivi d'Abstinence qui revêt aussi le même costume, ils vont trouver Male-Bouche, se jettent sur lui, et l'étranglent après lui avoir arraché la langue.

Pendant ce bel exploit, et tandis que la bataille se prépare, Bel-Accueil, renfermé dans la tour, n'a pour distraire son ennui que la conversation d'une méchante vieille, Mal-Feu l'Arde, sous la garde de laquelle on l'a mis. C'est ce personnage qui a fourni à Régnier l'idée de sa Macette, et les discours de l'un sont copiés mot pour mot sur ceux de l'autre. C'est encore là que se trouve, et certes on n'aurait pas été tenté d'aller l'y chercher, l'idée pre-

(1) Toutes êtes, serez ou fûtes, etc.

mière de cette jolie chanson : une fille est un oiseau. . . . .

L'oisel du joli vert bocage,
Quand il est pris et mis en cage,
Chante tant que sera vif,
De cœur gai, ce vous est avis.
Si desire-t-il les bois ramés,
Qu'il a naturellement aimés.
Et voudrait sur les arbres être.
Toujours y pense et s'étudie,
A retrouver sa franche vie.
Aussi, sachez que toute femme,
Soit demoiselle ou dame,
De quelque condition,
Ont naturelle intention,
Qu'elles chercheraient volontiers,
Par quels chemins, par quels sentiers,
A franchise venir pourraient.

Cependant la vieille gardienne trouve le moyen d'introduire en secret, l'amant auprès de Bel-Accueil. Mais dans le moment où il va s'emparer de la rose, Danger, aidé de ses satellites, Peur et Honte, le saisissent et le maltraitent. A ses cris l'Amour s'avance avec ses gens ; tandis que le combat s'engage ; l'auteur saisit ce moment pour demander pardon à ses lecteurs et sur-tout aux Dames de ce qui pourrait les avoir blessés dans son roman, et en vérité, il leur devait bien cette rétractation (1).

(1) Vers 16,012 de l'édit. id.

L'Amour qui n'est pas le plus fort, envoie demander du secours à sa mère. Vénus monte aussitôt sur son char et arrive au moment que son fils est repoussé. Mais sa présence, ainsi que son pouvoir, seraient encore insuffisans pour faire triompher l'Amour, si un nouveau personnage, dont on est bien loin de se douter, ne venait lever tous les obstacles et assurer la victoire à l'amant. C'est la Nature. On sent assez combien elle a de raisons pour prendre le parti de l'Amour, et cette allégorie n'est pas de celles qu'il faille expliquer. Cependant, l'auteur craignant qu'on ne s'y méprît, a détaillé très-au long les motifs qui font agir la nature; et cette espèce de confession, qu'il met dans sa bouche, toute remplie d'une obscure métaphysique, est de tous les morceaux qui composent ce roman, celui où le jargon scientifique est poussé jusqu'au dégoût le plus insurmontable, et il n'est pas moins que de 3000 vers (1).

Enfin la nature envoie Genius, son prêtre, vers les combattans, et lui ordonne d'excommunier tous ceux qui s'opposent à cette loi conservatrice, qui veut qu'un irrésistible penchant entraîne les deux sexes l'un vers l'autre. Genius s'empresse d'exécuter cet ordre. A peine a-t-il prononcé l'anathême, que chacun

(2) Depuis 17,600 jusqu'à 20,335, édit. id.

répond *amen*, *fiat*, *fiat*. Vénus lance sur la tour le flambeau de son fils. Les gardiens du verger sont brûlés, et l'amant cueille sa rose.

Ainsi eut la rose vermeille,
A tant fut jour et je m'éveille.

Le rêve est un peu long, il en faut convenir, et l'on en connaît de plus intéressans.

Tel est ce roman dont nos aïeux ont fait leurs délices, et long-temps encore admiré après eux; voilà cet art d'amour, où le lecteur peut prendre quelque plaisir à suivre une fiction assez simple d'abord, et s'intéresser à l'amant qui poursuit la rose; mais que bientôt, il abandonne, rebuté par le mauvais goût, la sottise et le galimathias, sans que quelques morceaux épars çà et là, et inspirés par une imagination vraiment poétique, puissent à ses yeux trouver grâce pour le reste. Nous en avons déjà cités quelques-uns. Il faut y joindre cette description de la demeure de la Fortune à laquelle nous avons promis de revenir.

(1) Au milieu de la mer est un vaste rocher, dont les flots baignent le pied, quand ils ne sont pas agités par les orages, mais qu'ils cou-

(1) Voy. 6,163, édit. id.

vrent de leur écume, quand la tempête les soulève. Sur son sommet s'élève un bois dont une partie se couvre de feuilles, tandis que l'autre s'en dépouille; là les genêts parviennent à une hauteur extraordinaire à côté des pins et des cèdres qui rampent sur la terre. Le chant du rossignol réveille rarement l'écho de ce bois redoutable, mais sans cesse le hibou

Hideux messager de douleur,

le fait retentir de ses bruits lugubres.

Des flancs du rocher, sortent deux fleuves. Les eaux du premier sont si savoureuses qu'elles invitent à s'y désaltérer; quand on en a goûté, on voudrait en boire sans cesse, en même temps que leur doux murmure invite à se baigner. Mais bien peu jouissent de la faveur de s'y plonger tout entiers, et le plus grand nombre, demeuré sur le rivage, voit à peine ces eaux délicieuses venir mouiller leurs pieds.

L'autre fleuve précipite comme un torrent ses ondes empestées que les orages tourmentent sans cesse. Malheur à ceux qui osent s'y confier. La tempête les rejette sur le bord, où ces infortunés pleurent leur naufrage. Après de nombreux détours, ses eaux vont se confondre avec celle du fleuve opposé, et leur communiquent leur amertume et leur malignité.

Au sommet du rocher, on aperçoit un vaste édifice dont un côté présente un riche palais magnifiquement décoré, l'autre une misérable masure que le chaume couvre à peine. C'est là, dans cette demeure à-la-fois somptueuse et pauvre, que la fortune habite, vêtue d'une robe dont les couleurs changent à chaque moment.

Si Jean de Meun eût toujours fait de pareils rêves, il eût garanti son livre du naufrage qu'il a si bien décrit lui-même.

De ce poète à Villon, qui vivait sous Charles VII, et dont Boileau a dit :

> Villon sut le premier, dans ces siècles grossiers ;
> Débrouiller l'art confus de nos vieux romanciers.

L'intervalle est d'un siècle, et fut rempli par les malheurs qui signalèrent le règne des Valois. Les Muses gémirent et ne chantèrent plus. Seulement on vit paraître de loin en loin quelques poëmes mystiques (1), écrits encore par des moines qui faisaient passer dans leurs vers tout l'ennui qui les attristaient dans le cloître. Mais on avait tellement l'habitude d'allier partout le profane au sacré, qu'on ne s'étonnait pas de

---

(1) Le Champ vertueux de bonne vie, par Jean Dupin, moine de Vaucelles ; l'Evangile des femmes ; par le même, l'Histoire des trois Maries, par un carme nommé Venite ; le Champion des dames, par Martin-Franc, chanoine de Lausane, critique violente du roman de la Rose, etc.

voir Froissart, historien et prêtre, composer des traités amoureux, et Raoul de Prèles, d'avocat devenu religieux, et chargé de diriger la conscience de charles V, prendre le double titre de poète et de confesseur du roi.

A cette même époque, s'éteignit aussi dans le Midi, la voix des troubadours, de ces chanteurs aimables, qui ne rimèrent point de Légendes et de contes dévôts, mais qui célébrèrent presque toujours l'amour et ses plaisirs. Si dans nos chansons, nous n'avons guères été que leurs imitateurs, du moins nous ne devons à personne l'esprit et la gaieté de nos nouvelles, la naïveté gracieuse de nos nouvelles, l'intérêt de nos romans, et cette part est encore assez belle. Elle s'est accrue depuis de tout ce que les progrès de l'étude et du temps y ont ajouté de perfection et d'agrémens. Mais n'oublions pas, que dans l'admirable monument que les favoris des Muses ont élevé parmi nous en leur honneur, nos premiers poètes jettèrent les fondemens de l'édifice sur lequel leurs heureux successeurs répandirent ensuite à pleines mains, toutes les richesses du génie, tous les brillans de l'esprit, toutes les fleurs de l'imagination; ayons quelque reconnaissance pour ces hommes *qui nous ont appris de quoi sont capables les premiers efforts de l'esprit humain; qui se sont chargés du soin pénible de nous tracer la route, d'en lever les obstacles, d'en aplanir les difficultés, et sans lesquels, peut-être, nous ne serions pas ce que nous sommes* (1); dernière considération qui établit la portion de gloire de chaque âge, tient compte à l'un de ses premiers essais, tout informes qu'ils sont, à l'autre de ses immortels chefs-d'œuvre, et apprend ainsi à admirer les uns sans mépriser les autres.

---

(1) Massieu, Histoire de la poésie française.

FIN.

www.ingramcontent.com/pod-product-compliance
Ingram Content Group UK Ltd.
Pitfield, Milton Keynes, MK11 3LW, UK
UKHW031908260826
14628UKWH00003B/1052

9 782019 325923